ASCENSÃO

STEPHEN KING

ASCENSÃO

TRADUÇÃO
Regiane Winarski

1ª reimpressão

Copyright © 2018 by Stephen King
Ilustrações © Mark Edward Geyer

Publicado mediante acordo com o autor através da The Lotts Agency.

Grafia atualizada segundo o Acordo Ortográfico da Língua Portuguesa de 1990, que entrou em vigor no Brasil em 2009.

Título original
Elevation

Capa
Will Staehle/ Unusual Corporation

Imagens de capa
Paisagem noturna: RVStock/ Shutterstock
Fogos de artifício: Baoyan Zeng/ Shutterstock

Preparação
Emanoelle Veloso

Revisão
Valquíria Della Pozza
Marise Leal

Dados Internacionais de Catalogação na Publicação (CIP)
(Câmara Brasileira do Livro, SP, Brasil)

King, Stephen
  Ascensão / Stephen King ; tradução Regiane Winarski ; Ilustrações Mark Edward Geyer. — 1ª ed. — Rio de Janeiro : Suma, 2019.

  Título original: Elevation.
  ISBN 978-85-5651-089-1

  1. Ficção de suspense — Ficção norte-americana I. Título.

19-29788   CDD-813

Índice para catálogo sistemático:
1. Ficção de suspense : Literatura norte-americana   813

Cibele Maria Dias — Bibliotecária — CRB-8/9427

[2020]
Todos os direitos desta edição reservados à
EDITORA SCHWARCZ S.A.
Praça Floriano, 19 — sala 3001 — Cinelândia
20031-050 — Rio de Janeiro — RJ
Telefone: (21) 3993-7510
www.companhiadasletras.com.br
www.blogdacompanhia.com.br
facebook.com/editorasuma
instagram.com/editorasuma
twitter.com/Suma_BR

Pensando em Richard Matheson

PERDENDO PESO

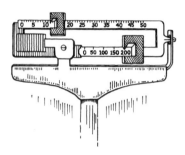

Scott Carey bateu na porta da casa no condomínio fechado e Bob Ellis (todo mundo em Highland Acres ainda o chamava de dr. Bob, apesar de ele estar aposentado havia cinco anos) o deixou entrar.

— Ora, Scott, aí está você. Dez em ponto. Então, o que posso fazer por você?

Scott era um homem grande — um metro e noventa e três, mesmo descalço, com a barriga se projetando à frente do corpo.

— Não sei direito. Provavelmente não é nada, mas... estou com um problema. Espero que não seja grande, mas pode ser que seja.

— Um problema sobre o qual você não quer falar com seu médico?

Ellis tinha setenta e quatro anos, cabelo grisalho fino e mancava um pouco, o que não o atrapalhava na quadra de tênis. Foi lá que ele e Scott se conheceram e ficaram amigos. Não íntimos, talvez, mas amigos, claro.

— Ah, eu fui ao médico e fiz um check-up — disse Scott. — Já tinha passado da hora. Exame de sangue, urina, próstata, a coisa toda. Tudo foi verificado. Estou com o colesterol um pouco alto, mas ainda dentro do normal. Era com diabetes que eu estava preocupado. Aquele site, o WebMD, sugeria que era o mais provável.

Até ele perceber sobre as roupas, claro. A coisa das roupas não estava em site nenhum, médico ou não. E com certeza não tinha nada a ver com diabetes.

Ellis o levou até a sala, onde havia um janelão com vista para o décimo quarto buraco do campo de golfe da comunidade fechada de Castle Rock, onde morava com a esposa. Ele jogava de vez em quando, mas na maioria das vezes preferia o tênis. Era sua esposa que gostava de golfe, e Scott desconfiava que era por isso que eles moravam ali e passavam o inverno em uma comunidade esportiva bem parecida, na Flórida.

— Se está procurando Myra, ela está no grupo de mulheres metodistas. Pelo menos acho que sim, mas pode ser em algum dos comitês da cidade. Amanhã ela vai a Portland para uma reunião com a Sociedade de Micologia da Nova Inglaterra. Aquela mulher pula por aí que nem galinha em chapa quente. Tire o casaco, sente-se e me conte o que está acontecendo — disse Ellis.

Apesar de ser começo de outubro e não estar particularmente frio, Scott estava usando um casaco da North

Face. Quando o tirou e o colocou ao seu lado no sofá, os bolsos tilintaram.

— Quer um café? Chá? Acho que ainda tem algum doce do café da manhã, se...

— Eu estou perdendo peso — disse Scott abruptamente. — É isso que está acontecendo. É meio engraçado, sabe. Eu costumava passar longe da balança do banheiro porque nos últimos dez anos não estava gostando das notícias que ela me dava. Agora, subir nela é a primeira coisa que faço de manhã.

Ellis assentiu.

— Entendo.

Ele não tinha motivos para evitar a balança, pensou Scott. O cara era o que sua avó chamaria de varapau. Se nada inesperado acontecesse, provavelmente viveria mais uns vinte anos. Talvez chegasse até um século de vida.

— Entendo bem a síndrome da fuga da balança, via o tempo todo quando estava clinicando. Também vi o oposto, gente que se pesava compulsivamente. Normalmente, pessoas com bulimia e anorexia. Você não parece se encaixar em nenhuma dessas coisas. — Ele se inclinou para a frente, as mãos unidas entre as coxas magras. — Você *sabe* que estou aposentado, não sabe? Posso aconselhar, mas não posso fazer prescrições. E meu conselho provavelmente vai ser que você volte ao seu médico e conte tudo para ele.

Scott sorriu.

— Acho que meu médico vai querer me internar no hospital para fazer exames imediatamente, e no mês passado eu consegui um trabalho importante, desenvolvendo uma cadeia de sites para uma rede de lojas de departamentos.

Não vou entrar em detalhes, mas é incrível. Tive muita sorte de ficar com o projeto. É um passo grande para mim e posso fazer o trabalho sem sair de Castle Rock. Essa é a beleza da era dos computadores.

— Mas você não vai poder trabalhar se cair doente — disse Ellis. — Você é um cara inteligente, Scott, e sei que você sabe que perda de peso não é só indicativo de diabetes, é indicativo de câncer. Dentre outras coisas. De quanto peso estamos falando?

— Treze quilos.

Scott olhou pela janela e observou os carrinhos de golfe brancos percorrendo a grama verde sob o céu azul. Aquela cena daria uma boa fotografia para o site do Highland Acres. Ele tinha certeza de que havia um site — todo mundo tinha site hoje em dia, até barraquinhas de estrada que vendiam milho e maçã —, mas não tinha sido criado por ele. Scott estava cuidando de projetos maiores agora.

— Até agora — concluiu.

Bob Ellis sorriu, mostrando dentes verdadeiros.

— É uma boa quantidade mesmo, mas meu palpite é que não vai te fazer falta. Você se move muito bem na quadra de tênis para um homem grande e passa um bom tempo nos aparelhos da academia, mas excesso de peso é esforço extra não só para o coração, mas para o corpo todo. E sei que você sabe disso. Deve ter visto no WebMD. — Ele revirou os olhos ao dizer isso e Scott sorriu. — Quanto você está pesando agora?

— Adivinha.

Bob riu.

— Por acaso está achando que estamos na feira regional? Estou sem prendas aqui.

— Você foi clínico geral por quanto tempo, uns trinta e cinco anos?

— Quarenta e dois.

— Não seja modesto, você pesou milhares de pacientes milhares de vezes. — Scott se levantou, um homem alto e largo de calça jeans, camisa de flanela e um boné velho dos Georgia Giants. Parecia mais um lenhador ou um adestrador de cavalos do que um web designer. — Adivinha meu peso. Depois falamos do que está acontecendo comigo.

O dr. Bob lançou um olhar profissional por todos os cento e noventa e três centímetros de Scott Carey — com as botas, provavelmente cento e noventa e oito. Dedicou uma atenção especial à curva da barriga acima do cinto e aos músculos das coxas, desenvolvidos com o *leg press* ou com o agachamento articulado em aparelhos que o dr. Bob não usava mais.

— Abra a camisa e a segure aberta.

Scott fez isso e revelou uma camiseta cinza com os dizeres UNIVERSIDADE DO MAINE — DEPARTAMENTO ATLÉTICO. Bob viu um peito largo, musculoso, mas desenvolvendo aqueles depósitos adiposos que os garotos engraçadinhos gostavam de chamar de peitinhos de homem.

— Eu diria... — Ellis fez uma pausa, interessado no desafio. — Eu diria cento e cinco quilos. Talvez cento e dez. O que significa que você devia ter uns cento e vinte e três quando começou a perder peso. Tenho que dizer que você se movia bem na quadra de tênis. Eu não teria apostado nisso.

Scott se lembrou do quão feliz havia ficado quando finalmente reuniu coragem para subir na balança, no início do mês. Feliz da vida. O ritmo constante de perda de peso depois disso foi preocupante, sim, mas não muito. Foi a coisa das roupas que transformou a preocupação em medo. Não precisava olhar no WebMD para saber que aquilo era mais do que estranho, era perturbador.

Lá fora, um carrinho de golfe passou. Nele havia dois homens de meia-idade, um de calça rosa, o outro de verde, ambos acima do peso. Scott achou que seria bom para eles largar o carrinho e fazer o percurso andando.

— Scott? — chamou o dr. Bob. — Ainda está aí?

— Estou. Na última vez que jogamos tênis, eu *estava* com cento e dez quilos. Eu sei porque foi quando finalmente subi na balança. Achei que era hora de perder alguns quilos. Estava começando a ficar sem fôlego no terceiro set. Mas, hoje de manhã, eu estava pesando noventa e seis.

Ele se sentou ao lado do casaco (que tilintou de novo). Bob o olhou com atenção.

— Você não me parece estar pesando noventa e seis quilos, Scott. Me perdoe por dizer, mas você parece bem mais pesado do que isso.

— Mas pareço saudável?

— Sim.

— Nem um pouco doente?

— Não. Não de aparência, pelo menos, mas...

— Você tem balança? Tenho certeza que tem. Vamos verificar.

O dr. Bob pensou por um momento, questionando se o verdadeiro problema de Scott estaria na matéria cinzenta acima de suas sobrancelhas. Em sua experiência, no geral eram as mulheres que costumavam ficar neuróticas com o peso, mas também acontecia com homens.

— Tudo bem, vamos lá. Vem comigo.

Bob o levou até um escritório cheio de estantes. Havia um pôster emoldurado com um diagrama de anatomia em uma parede e uma fileira de diplomas em outra. Scott encarou o peso de papel entre o computador de Ellis e a impressora. Bob seguiu seu olhar e riu, então pegou o crânio na mesa e jogou para Scott.

— É plástico, não osso. Não precisa ter medo de deixar cair. Meu neto mais velho que me deu. Ele tem treze anos, o que eu chamo de Idade dos Presentes de Mau Gosto. Suba aqui, vamos ver como estamos.

No canto havia uma balança antiga em que dois pesos, um grande e um pequeno, podiam ser movidos até a haste de aço ficar reta. Ellis deu um tapinha nela.

— As únicas coisas que guardei quando fechei o consultório foram o pôster de anatomia e isto. É uma Seca, a melhor balança médica já feita. Presente da minha esposa muitos anos atrás, e pode acreditar quando digo que ninguém nunca acusou *ela* de mau gosto. Ou de ser pão-dura.

— A balança é precisa?

— Vamos dizer que se eu pesasse um saco de dez quilos de farinha e ela dissesse que pesava nove, eu voltaria ao mercado Hannaford e pediria que devolvessem meu dinheiro. É melhor você tirar as botas, se quer algo mais próximo do peso real. E por que você trouxe seu casaco?

— Você vai ver.

Scott não tirou as botas, mas vestiu o casaco, gerando mais tilintar nos bolsos. Agora, não só totalmente vestido, mas vestido para sair em um dia bem mais frio do que aquele, ele subiu na balança.

— Manda ver.

Considerando as botas e o casaco, Bob empurrou o contrapeso até cento e vinte e foi descendo, primeiro deslizando o peso e depois dando pequenos empurrõezinhos. A marca na barra da balança se equilibrou em cento e dez, em cento e cinco e em cem, o que o dr. Bob achava impossível. E nem era por causa do casaco e das botas. Scott Carey simplesmente parecia mais pesado do que isso. Ele podia ter errado a estimativa em alguns quilos, mas tinha pesado muitos homens e mulheres acima do peso para ter errado *tanto*.

A barra ficou equilibrada em noventa e seis quilos.

— Macacos me mordam — disse o dr. Bob. — Vou precisar mandar recalibrar essa coisa.

— Acho que não — disse Scott. Ele desceu da balança e botou as mãos nos bolsos do casaco. Tirou um punhado de moedas de vinte e cinco centavos de cada. — Estava guardando isto em um penico antigo havia anos. Quando Nora foi embora, estava quase cheio. Devo ter uns dois quilos e meio de metal em cada bolso, talvez mais.

Ellis não disse nada. Estava sem palavras.

— Agora você entende por que eu não queria voltar no dr. Adams? — Scott botou as moedas de volta nos bolsos do casaco com outro tilintar alegre.

Ellis encontrou a voz.

— Deixa eu ver se entendi direito. Você está me dizendo que sua balança em casa dá o mesmo resultado?

— Exatamente. Minha balança é uma Ozeri de piso, talvez não tão boa quanto esta belezinha, mas eu a testei e é precisa. Olha só isso. Eu normalmente gosto de música sensual quando faço um striptease, mas, como já ficamos pelados no vestiário, acho que não vou precisar.

Scott tirou o casaco e o pendurou nas costas de uma cadeira. Então, apoiando-se com uma das mãos na mesa do dr. Bob, ele tirou as botas. Em seguida, a camisa de flanela. Desafivelou o cinto, tirou a calça jeans e ficou de cueca boxer, camiseta e meias.

— Eu poderia tirar o resto também — disse ele —, mas acho que já é suficiente para comprovar meu ponto. É que foi isso que me assustou. A coisa das roupas. Foi por isso que eu quis falar com um amigo que sabe ficar de boa fechada em vez de ir ao meu médico. — Ele apontou para as roupas e botas no chão, para o casaco com os bolsos carregados. — Quanto você acha que isso tudo pesa?

— Com as moedas? Pelo menos seis quilos. Possivelmente oito. Quer pesar?

— Não.

Ele subiu de novo na balança. Não foi preciso mover os pesos. A barra ficou reta nos noventa e seis quilos.

Scott se vestiu e eles voltaram para a sala. O dr. Bob serviu uma pequena dose de uísque Woodford Reserve e, apesar de serem só dez da manhã, Scott não recusou. Tomou a sua de um gole só, e o uísque acendeu uma chama reconfortante em seu estômago. Ellis deu dois golinhos delicados, como se testasse a qualidade, e virou o resto.

— É impossível, você sabe — disse ele, botando o copo vazio em uma mesa de canto.

Scott assentiu.

— Mais um motivo para eu não querer falar com o dr. Adams.

— Porque entraria no sistema — disse Ellis. — Ficaria registrado. E, sim, ele teria insistido em uma bateria de exames para descobrir exatamente o que está acontecendo com você.

Scott não disse nada, mas achava que *teria insistido* era um eufemismo. No consultório do dr. Adams, a expressão que surgiu na cabeça dele foi *internação compulsória*. Foi quando ele decidiu ficar de boca calada e conversar com o amigo médico aposentado.

— Você *parece* pesar uns cento e dez quilos — disse Ellis. — Você se sente com esse peso?

— Não exatamente. Eu me sentia um pouco… humm… *lesmado* quando pesava cento e dez quilos. Acho que essa palavra não existe, mas é a melhor que me ocorreu.

— Acho que é uma boa palavra, mesmo que não esteja no dicionário.

— Não era só questão de estar acima do peso, apesar de eu saber que estava. Era isso, a idade e…

— O divórcio? — perguntou Ellis gentilmente, no melhor estilo dr. Bob.

Scott suspirou.

— Claro. Isso também. Isso anuviou toda a minha vida. Está melhor agora, *eu* estou melhor, mas isso ainda conta. Não vou mentir. Porém, fisicamente, nunca me senti mal, ainda me exercitava um pouco três vezes por semana, só ficava sem fôlego lá pelo terceiro set, mas... sabe como é. Lesmado. Agora, não me sinto mais assim, ou pelo menos não tanto.

— Está se sentindo com mais energia.

Scott refletiu e balançou a cabeça.

— Não exatamente. Parece só que a energia que eu tenho dura mais.

— Sem letargia? Nem fadiga?

— Não.

— Sem perda de apetite?

— Eu como feito um cavalo.

— Outra coisa, e você vai ter que me perdoar, mas preciso perguntar.

— Pode perguntar. Qualquer coisa.

— Isso não é uma pegadinha, né? Não é uma brincadeira para tirar sarro do velho aposentado?

— De jeito nenhum — disse Scott. — Acho que não preciso perguntar se você já viu algum caso parecido, mas será que já leu sobre algum?

Ellis balançou a cabeça.

— São as roupas que me deixam perdido também. E as moedas nos bolsos do seu casaco.

Bem-vindo ao clube, pensou Scott.

— Ninguém pesa a mesma coisa nu e vestido. Isso é um fato, como a gravidade.

— Existe algum site médico que você possa acessar para ver se há algum caso como o meu? Ou que seja mais ou menos parecido?

— Existe e vou fazer isso, mas já adianto que não vou achar nada. — Ellis hesitou. — Isso não está apenas fora do escopo da minha experiência. Eu diria que está fora do escopo da experiência *humana*. Ora, tenho vontade de dizer que é impossível. Isso, claro, se as nossas balanças estiverem pesando direito, e não tenho motivo para achar que não estão. O que aconteceu com você, Scott? Qual foi a origem disso tudo? Você... sei lá, recebeu algum tipo de radiação? Inspirou algum tipo de inseticida? Pense.

— Eu *já* pensei. Até onde sei, não houve nada. Mas uma coisa é certa, me sinto melhor de ter vindo falar com você. De não ter deixado para lá. — Scott se levantou e pegou o casaco.

— Aonde você vai?

— Para casa. Tenho que trabalhar naqueles sites. É coisa importante. Se bem que, preciso dizer, agora nem parece mais tão importante assim.

Ellis foi com ele até a porta.

— Você diz que reparou em uma perda de peso regular. Lenta, mas regular.

— Isso mesmo. Tipo meio quilo por dia.

— Não importa quanto você come?

— Não — disse Scott. — E se continuar assim?

— Não vai.

— Como você pode ter certeza? Se está fora do escopo da experiência humana?

O dr. Bob não tinha resposta para isso.

— Não comente nada sobre isso, Bob. Por favor.

— Não vou, se você prometer me manter informado. Estou preocupado.

— Pode deixar.

Na porta, eles pararam lado a lado, olhando para o dia. Estava bonito. A vegetação estava quase no auge e as colinas explodiam em cores.

— Indo do vinho para a água — disse o dr. Bob —, como estão as coisas com as moças do restaurante que moram na sua rua? Soube que você estava tendo problemas.

Scott não se deu ao trabalho de perguntar a Ellis onde ele tinha ouvido aquilo; Castle Rock era uma cidade pequena e os boatos se espalhavam facilmente. E se espalhavam mais rápido, achava ele, quando a esposa de um médico aposentado participava de todos os comitês da cidade e da igreja.

— Se a srta. McComb e a srta. Donaldson te ouvissem chamando elas de moças, você iria para a lista de inimigos. E, considerando meu problema atual, nem estou pensando nisso.

Uma hora depois, Scott estava em seu escritório em uma bela casa de três andares em Castle View, acima do centro da cidade. Era um endereço mais caro do que ele escolheria, mas Nora quis muito, e ele queria Nora. Agora, ela estava no Arizona, e ele ficou com uma casa que já era grande demais quando havia só os dois. E o gato, claro. Tinha a impressão de que havia sido mais difícil para ela deixar Bill do que deixá-lo. Scott admitia que era uma ideia cruel, mas muitas vezes a verdade era cruel.

No meio da tela do computador, em letras grandes, havia as palavras MATERIAL PRELIMINAR SITE 4 HOCHSCHILD-KOHN. A Hochschild-Kohn não era a rede para a qual estava trabalhando, já estava fechada havia quase quarenta anos, mas, com um trabalho grande como aquele, não fazia mal tomar cuidado com hackers. Por isso o pseudônimo.

Quando Scott deu o clique duplo, a imagem de uma loja de departamentos Hochschild-Kohn antiga surgiu (mais tarde ela seria substituída por uma construção muito mais moderna, pertencente à empresa que o tinha contratado). Abaixo: *Você traz a inspiração, nós te damos o resto.*

Foi esse slogan casual que o fez conseguir o trabalho. As habilidades de design eram uma coisa, a criação de slogans inspirados e inteligentes era outra; quando as duas se uniam, o resultado era algo especial. *Ele* era especial; essa era sua chance de provar isso e pretendia aproveitá-la ao máximo. Acabaria trabalhando com uma agência de publicidade, entendia isso, e alterariam suas frases e a parte gráfica, mas ele achava que aquele slogan não seria afetado. A maioria das suas ideias básicas também não seria. Elas eram fortes o suficiente para resistir a um bando de espertinhos de Nova York.

Ele deu outro clique duplo e uma sala de estar apareceu na tela. Estava totalmente vazia; não havia nem lustre. Pela janela dava para ver a relva que por acaso era parte do campo de golfe de Highland Acres, onde Myra Ellis jogara várias vezes. Em algumas ocasiões, o quarteto do time de Myra incluiu a ex-esposa de Scott, que estava agora morando (e provavelmente jogando golfe) em Flagstaff.

Bill D. Cat entrou, soltou um miado sonolento e se esfregou nas pernas dele.

— Comida só daqui a pouco — murmurou Scott. — Mais alguns minutos. — Como se um gato tivesse noção de minutos ou de tempo em geral.

Como se eu tivesse, pensou Scott. *O tempo é invisível. Diferentemente do peso.*

Ah, mas talvez isso não fosse verdade. Dava para sentir o peso, sim — quando se carregava muito no corpo, ficava *lesmado* —, mas ele não era, assim como o tempo, basicamente uma construção humana? Os ponteiros de um relógio, os números em uma balança de banheiro, essas coisas não eram apenas meios de tentar medir forças invisíveis que tinham efeitos visíveis? Um esforço débil de controlar uma realidade maior, além daquilo que os meros humanos viam como realidade?

— Esquece isso, você vai acabar ficando maluco.

Bill soltou outro miado e Scott voltou a atenção para a tela do computador.

Acima da sala vazia havia um campo de busca com as palavras *Escolha seu estilo!* Scott digitou *Americano pós-colonial* e a tela ganhou vida, não de uma vez, mas lentamente, como se cada peça de mobília estivesse sendo escolhida por um comprador cuidadoso e acrescentada ao todo: cadeiras, um sofá, paredes rosa (com estêncil, não papel de parede), um relógio Seth Thomas, um tapete artesanal de retalhos no chão. Uma lareira com uma chama pequena e aconchegante dentro. Um lustre no teto que exibia lampiões presos em hastes de madeira. Isso era um pouco exagerado para o gosto de Scott, mas os vendedores com quem estava trabalhando adoravam e garantiram que os potenciais clientes também adorariam.

Ele podia mudar a tela e mobiliar um saguão, um quarto, um escritório, tudo no estilo americano pós-colonial. Ou podia voltar ao campo de busca e mobiliar todos aqueles aposentos virtuais em estilo colonial, vintage, rústico ou romântico. Mas o trabalho do dia era o estilo Queen Anne. Scott abriu o laptop e começou a escolher móveis de exposição.

Quarenta e cinco minutos depois, Bill estava de volta, esfregando-se e miando com mais insistência.

— O.k., o.k. — disse Scott, levantando-se. Ele foi para a cozinha, com Bill D. Cat na frente de rabo erguido. Havia uma energia felina no caminhar de Bill, e Scott não podia acreditar, mas também se sentia com a mesma energia.

Ele colocou ração na tigela e, enquanto o gato comia, foi até a varanda da frente para respirar um pouco de ar puro antes de voltar às cadeiras com braços Selby, aos divãs Winfrey, às cômodas altas, tudo com as famosas pernas Queen Anne. Ele achava que era o tipo de mobília que se via em casas funerárias, umas porcarias pesadas tentando parecer leves, mas cada um tinha o seu gosto.

Ele chegou a tempo de ver "as moças" — como o dr. Bob as tinha chamado — saírem pelo caminho de casa e virarem na rua View, as pernas compridas aparecendo sob os shortinhos, Deirdre McComb com um azul e Missy Donaldson com um vermelho. Elas usavam camisetas idênticas anunciando o restaurante que tinham no centro, na rua Carbine. Atrás delas vinham seus boxers, Dum e Dee, também quase idênticos.

O que o dr. Bob disse quando Scott estava indo embora (provavelmente só querendo terminar o encontro com um assunto mais leve) lhe veio à mente, sobre ele estar tendo problemas com as moças do restaurante. E estava mesmo. Não um problema amargo de relacionamento, nem um problema misterioso de perda de peso; estava mais para uma ferida velha que não curava. Deirdre era a irritante, sempre com o sorriso levemente arrogante — aquele que parecia dizer *que o Senhor me ajude a suportar essa gente.*

Scott tomou uma decisão repentina e voltou rapidamente para o escritório (pulando agilmente por cima de Bill, que estava deitado no corredor) para pegar o tablet. Voltou correndo para a varanda e abriu a câmera.

A varanda era telada, o que dificultava que ele fosse visto, e as mulheres não estavam prestando atenção nele, de qualquer modo. Elas corriam pelo acostamento de terra batida do outro lado da rua, com os tênis muito brancos batendo no chão e os rabos de cavalo balançando. Os cachorros, corpulentos, mas ainda jovens e bem atléticos, corriam atrás.

Scott tinha ido à casa delas duas vezes falar sobre os cachorros, conversou com Deirdre nas duas e aguentou aquele sorriso levemente arrogante com paciência enquanto ela dizia que duvidava que os cães estivessem fazendo as necessidades no gramado dele. O quintal delas era cercado, disse ela, e na única hora por dia em que podiam sair ("Dee e Dum sempre nos acompanham na nossa corrida diária") eles se comportavam *muito* bem.

— Acho que eles devem sentir o cheiro do meu gato — disse Scott. — É uma questão territorial. Sei como é e entendo que vocês não queiram usar coleira quando correm, mas eu queria que verificassem meu gramado na volta e que policiassem os cachorros, se necessário.

— *Policiassem* — disse Deirdre, sem nunca deixar o sorriso vacilar. — Me parece meio militar, mas talvez seja coisa minha.

— Chame como quiser.

— Sr. Carey, pode ter cachorros, como você diz, *fazendo as necessidades* no seu gramado, mas não são os *nossos*. Será que não é outra coisa que está te preocupando? Não seria preconceito contra casamento entre pessoas do mesmo sexo, seria?

Scott quase riu, o que teria sido diplomacia ruim, estilo Trump.

— De jeito nenhum. É preconceito de não querer pisar em um pacote surpresa deixado por um dos seus boxers.

— Boa conversa — disse ela, ainda com aquele sorriso (não enlouquecedor, como ela talvez desejasse, mas definitivamente irritante), e fechou a porta na cara dele com delicadeza, mas também firmeza.

Com sua misteriosa perda de peso sendo a última coisa em sua cabeça pela primeira vez em dias, Scott observou as mulheres correndo na direção dele com os cachorros saltitando alegremente atrás. Elas conversavam enquanto corriam, rindo de alguma coisa. As bochechas rosadas brilhavam de suor e saúde. McComb era a melhor corredora e estava claramente se segurando um pouco para acompanhar a outra. Elas não estavam prestando a menor atenção aos cachorros, o que não era exatamente negligência;

a rua View não tinha tráfego movimentado, especialmente no meio do dia. E Scott tinha que admitir que os cachorros eram bons em ficar longe da rua. Nisso, pelo menos, eles eram bem treinados.

Não vai acontecer hoje, pensou ele. Nunca acontece quando você está preparado. Mas seria bom arrancar aquele sorrisinho da cara da srta. McComb...

Mas aconteceu. Primeiro um dos boxers desviou e o outro foi atrás. Dee e Dum correram para o gramado de Scott e se agacharam lado a lado. Scott ergueu o tablet e tirou três fotos rápidas.

Naquela tarde, depois de comer espaguete à carbonara seguido de uma fatia de cheesecake de chocolate, Scott subiu na balança Ozeri, torcendo, como sempre, para que as coisas tivessem finalmente começado a se acertar. Mas não foi o que aconteceu. Apesar da refeição caprichada que ele tinha acabado de ingerir, a Ozeri o informou que ele estava agora com 95,6 quilos.

Bill o observava de cima da privada fechada, o rabo curvado em volta das patas.

— Bem — disse Scott para ele —, é o que é, certo? Como Nora dizia quando voltava daquelas reuniões dela, a vida é o que fazemos dela e aceitação é a chave para todos os nossos problemas.

Bill bocejou.

— Mas nós também mudamos as coisas que podemos mudar, não é? Guarde o forte. Vou fazer uma visita.

Ele pegou o iPad e correu os quatrocentos metros até a fazenda reformada onde McComb e Donaldson moravam havia uns oito meses, desde que abriram o Holy Frijole. Ele conhecia bem os horários delas, do jeito casual como se passa a conhecer as idas e vindas de um vizinho, e aquela era uma boa hora para pegar Deirdre sozinha. Missy era chef do restaurante e costumava sair para começar a preparação do jantar por volta das três. Deirdre, que era a metade da parceria que lidava com o público, ia às cinco. Scott achava que era ela quem comandava, tanto o trabalho quanto a casa. Missy Donaldson parecia ser uma coisinha doce que olhava o mundo com uma mistura de medo e admiração. Mais o primeiro do que o segundo, achava ele. McComb se via como protetora de Missy, além de companheira? Talvez. Provavelmente.

Ele subiu os degraus e tocou a campainha. Ao ouvi-la, Dee e Dum começaram a latir no quintal dos fundos.

Deirdre abriu a porta. Estava usando um vestido bonito e ajustado ao corpo que sem dúvida ficaria arrasador quando ela estivesse parada junto à recepção do restaurante e depois levando os grupos às suas mesas. Seus olhos eram sua melhor característica; tinham um tom encantador de verde-acinzentado e eram levemente puxados nos cantos.

— Ah, sr. Carey — disse ela. — Que prazer revê-lo. — E o sorriso, que dizia como era *chato* revê-lo. — Adoraria convidá-lo para entrar, mas tenho que ir para o restaurante. Há muitas reservas para hoje. Turistas que vieram ver a paisagem de outono, sabe.

— Não vou atrapalhar — disse Scott, abrindo o próprio sorriso. — Só passei para mostrar isto. — Ele ergueu o iPad para que ela pudesse ver Dee e Dum agachados no gramado dele, cagando ao mesmo tempo.

Ela olhou para a foto por muito tempo, o sorriso sumindo. Ver isso não lhe deu tanto prazer quanto ele esperava.

— Tudo bem — disse ela depois de um tempo. O cantarolar artificial tinha sumido da voz. Sem isso, ela parecia cansada e mais velha do que a idade que tinha, que devia ser uns trinta anos. — Você venceu.

— Não é questão de vencer, pode acreditar. — Quando as palavras saíram de sua boca, Scott se lembrou de um professor da faculdade que comentou que, quando alguém acrescentava *pode acreditar* no fim da frase, era para tomar cuidado.

— Você provou o que queria. Não posso ir recolher agora e Missy já está no trabalho, mas farei isso depois que fecharmos. Você não vai nem precisar acender a luz da varanda. Devo conseguir ver os... detritos... com a luz da rua.

— Não será necessário. — Scott estava começando a se sentir cruel. E errado, de alguma forma. *Você venceu*, disse ela. — Eu já recolhi. Eu só...

— O quê? Queria ganhar essa? Se foi isso, missão cumprida. De agora em diante, Missy e eu vamos correr no parque. Você não vai precisar nos denunciar para as autoridades locais. Obrigada e boa noite. — Ela começou a fechar a porta.

— Espere um segundo — disse Scott. — Por favor.

Ela olhou para ele pela porta entreaberta, com o rosto inexpressivo.

— Nunca passou pela minha cabeça procurar o cara do controle de animais por causa de uns montinhos de bosta de cachorro, srta. McComb. Eu só queria que nós fôssemos bons vizinhos. Meu único problema era o jeito como você me dispensava. Se recusava a me levar a sério. Não é assim que bons vizinhos agem. Ao menos por aqui.

— Ah, nós sabemos exatamente como bons vizinhos *agem* — disse ela. — Por *aqui*. — O sorriso levemente superior voltou e ela fechou a porta ainda com ele no rosto. Mas não sem que ele visse um brilho nos olhos dela, que podia ser de lágrimas.

Nós sabemos exatamente como bons vizinhos agem por aqui, pensou ele, descendo a inclinação. O que aquilo queria dizer?

O dr. Bob ligou dois dias depois para perguntar se tinha havido alguma mudança. Scott disse que as coisas estavam progredindo como antes. Ele estava com 94,2 quilos agora.

— É bem regular. Subir na balança do banheiro é como ver os números descerem no odômetro de um carro.

— Mas ainda não houve mudanças nas suas dimensões físicas? Cintura? Tamanho de camisa?

— Ainda tenho cento e um centímetros de cintura e oitenta e cinco de perna. Não precisei apertar o cinto. Nem afrouxar, apesar de eu estar comendo como um lenhador. Ovos, bacon e linguiça no café. Molhos em tudo à noite. Devo chegar a três mil calorias por dia. Talvez quatro. Você pesquisou?

— Pesquisei — disse o dr. Bob. — Até onde pude perceber, nunca houve um caso como o seu. Há muitos relatos clínicos sobre pessoas cujo metabolismo é acelerado, pessoas que comem como um lenhador, como diz você, e continuam magras. Mas não há casos de pessoas que pesam a mesma coisa nuas e vestidas.

— Ah, mas é muito mais do que isso — disse Scott. Ele estava sorrindo de novo. Andava sorrindo muito, o que devia ser loucura, considerando as circunstâncias. Ele estava perdendo peso como um paciente de câncer em estágio terminal, mas o trabalho estava indo muito bem e ele nunca tinha se sentido tão animado. Às vezes, quando precisava de uma pausa da tela do computador, botava uma música da Motown e dançava pela sala com Bill D. Cat olhando como se ele tivesse ficado maluco.

— Me conta.

— Hoje de manhã eu estava pesando 94,5. Tinha saído do chuveiro e estava completamente nu. Tirei meus pesos do armário, os de dez quilos, e subi na balança com um em cada mão. Deu 94,5.

Silêncio do outro lado da linha por um momento. Por fim, Ellis falou:

— Você está de sacanagem.

— Bob, juro pela minha mãe mortinha.

Mais silêncio.

— É como se você tivesse uma espécie de campo de força repelente de peso à sua volta. Sei que não quer ser cutucado e furado, mas isso é uma coisa totalmente nova. E é importante. Pode haver implicações que não conseguimos nem imaginar.

— Eu não quero ser uma aberração. Tente se colocar no meu lugar.

— Você pode pelo menos pensar no assunto?

— Já pensei, e muito. Não tenho a menor vontade de fazer parte do hall da fama do tabloide *Inside View*, com minha foto entre a do Voador Noturno e do Slender Man. Além disso, tenho meu trabalho para terminar. Prometi a Nora parte do dinheiro, apesar de o divórcio ter se encerrado antes de eu conseguir o trabalho, e acho que ela está precisando.

— Quanto tempo isso vai demorar?

— Umas seis semanas, por aí. Claro que vai ter revisões e testes que vão me manter ocupado até o Ano-Novo, mas seis semanas para terminar o trabalho principal.

— Se continuar no mesmo ritmo, você vai estar com uns setenta e cinco quilos até lá.

— Mas ainda parecendo gordo — disse Scott, e riu. — Tem isso.

— Você parece bem animado, considerando tudo que está acontecendo.

— Eu me *sinto* animado. Pode parecer loucura, mas é verdade. Às vezes eu acho que é o melhor programa de perda de peso do mundo.

— É — disse Ellis —, mas onde isso vai terminar?

Um dia, não muito tempo depois da ligação do dr. Bob, uma batida leve soou na porta de Scott. Se a música estivesse um pouco mais alta (naquele dia era Ramones), ele não teria ouvido e o visitante talvez acabasse indo embora. Provavelmente com alívio, porque, quando ele abriu a porta, Missy Donaldson estava parada lá, parecendo apavorada. Era a primeira vez que ele a via desde que tinha tirado as fotos de Dee e Dum se aliviando no gramado. Ele achava que Deirdre tinha cumprido a palavra e que elas estavam agora exercitando os cachorros no parque da cidade. Se estavam deixando os boxers correrem soltos lá, talvez acabassem se encrencando com o cara do controle de animais, por mais bem-comportados que eles fossem. O parque tinha uma regra de uso de guia. Scott tinha visto as placas.

— Srta. Donaldson — disse ele. — Oi.

Também era a primeira vez que a via sozinha, e ele teve o cuidado de não passar do portal nem fazer movimentos bruscos. Parecia que ela ia pular dos degraus e sair correndo como uma gazela. Donaldson era loura, não tão bonita quanto a companheira, mas com um rosto doce e olhos azuis límpidos. Havia uma fragilidade nela, algo que fazia Scott pensar nos pratos de porcelana chinesa decorativos de sua mãe. Era difícil imaginar aquela mulher em uma cozinha de restaurante, indo de panela em panela e frigideira em frigideira no meio do vapor, servindo jantares vegetarianos e gritando ordens aos ajudantes.

— Posso ajudá-la? Quer entrar? Tenho café... ou chá, se você preferir.

Ela estava balançando a cabeça antes que ele pudesse chegar à metade de suas propostas de hospitalidade, com força suficiente para fazer o rabo de cavalo balançar de um ombro até o outro.

— Eu só vim pedir desculpas. Por Deirdre.

— Não tem necessidade disso — disse ele. — E também não tem necessidade de levar seus cachorros até o parque.

Só peço que vocês carreguem saquinhos para recolher cocô e olhem meu gramado na volta. Não é pedir muito, é?

— Não, não é mesmo. Eu até dei essa sugestão a Deirdre. Ela quase arrancou minha cabeça.

Scott suspirou.

— Uma pena ouvir isso, srta. Donaldson...

— Pode me chamar de Missy, se quiser. — Ela olhou para baixo e corou de leve, como se tivesse feito um comentário ousado demais.

— Eu quero, sim. Porque só quero que sejamos bons vizinhos. A maioria das pessoas daqui em View é, sabe. E parece que comecei com o pé esquerdo, mas como podia ter começado com o direito? Não sei.

Ainda olhando para baixo, ela disse:

— Estamos aqui há quase oito meses e a única vez que você falou conosco, com qualquer uma de nós, foi quando nossos cachorros sujaram seu gramado.

Isso era mais verdade do que Scott gostaria de admitir.

— Eu fui até sua casa com um saco de donuts logo que vocês se mudaram — disse ele, com voz fraca —, mas não tinha ninguém em casa.

Ele achou que ela perguntaria por que ele não tentou de novo, mas ela não perguntou.

— Eu vim pedir desculpas por Deirdre, mas também queria explicar a atitude dela. — Ela levantou os olhos para encará-lo. Era óbvio que exigia esforço, as mãos ficaram apertadas na cintura da calça jeans, mas ela conseguiu. — Ela não está com raiva de você, na verdade... bom, está, mas não só de você. Está com raiva de todo mundo. Castle

Rock foi um erro. Viemos para cá porque o local estava quase pronto para funcionamento, o preço foi bom e nós queríamos sair da cidade, de Boston, quero dizer. Nós sabíamos que era um risco, mas pareceu um risco aceitável. E a cidade é tão bonita. Bom, você sabe disso, claro.

Scott assentiu.

— Mas é provável que a gente perca o restaurante. Se as coisas não mudarem até o Dia de São Valentim, é certo. Esse foi o único motivo para ela deixar que a colocassem naquele pôster. Ela não fala sobre quanto as coisas estão ruins, mas sabe disso. Nós duas sabemos.

— Ela falou alguma coisa sobre os turistas que vêm ver a paisagem de outono... e todo mundo diz que o verão passado foi muito bom...

— O verão *foi* bom — disse ela, agora falando com um pouco mais de animação. — Quanto aos turistas de outono, nós recebemos alguns, mas a maioria vai mais para o oeste, para New Hampshire. North Conway tem vários outlets para compras e mais coisas turísticas para fazer. Acho que, quando o inverno chegar, vamos receber quem estiver a caminho de ir esquiar em Bethel ou Sugarloaf...

Scott sabia que a maioria dos esquiadores passava direto por Castle Rock e pegava a rodovia 2 para as áreas de esqui no oeste do Maine, mas por que deixá-la mais chateada do que já estava?

— Só que, quando o inverno chegar, vamos precisar dos moradores para aguentar. Você sabe como é, deve saber. Os moradores contam uns com os outros durante o tempo frio, o suficiente para que aguentem até o movimento do verão começar. O pessoal da loja de materiais de construção, a madeireira, a Lanchonete da Patsy... eles aguentam os meses fracos. Só que não são muitos os moradores da cidade que vão ao Frijole. Alguns, mas não o suficiente. Deirdre diz que não é só porque nós somos lésbicas, mas porque somos lésbicas *casadas*. Não gosto de pensar que ela está certa... mas acho que está.

— Tenho certeza... — Ele parou de falar. De que não é verdade? Como ele saberia, se nunca tinha pensado no assunto?

— Certeza de quê? — perguntou ela. Não de um jeito arrogante, mas honestamente curioso.

Ele pensou na balança do banheiro de novo e no jeito implacável como os números iam descendo.

— Na verdade, eu não tenho certeza de nada. Se for verdade, eu lamento.

— Você devia ir jantar lá uma noite dessas — disse ela. Podia ser um jeito sarcástico de ela dizer que sabia que ele nunca tinha comido no Holy Frijole, mas não achava que fosse. Ele achava que aquela jovem não era de muita ironia.

— Pode deixar. Suponho que vocês servem *frijoles*?

Ela sorriu. O sorriso iluminou seu rosto.

— Ah, sim, de todo tipo.

Ele também sorriu.

— Foi uma pergunta idiota, acho.

— Eu tenho que ir, sr. Carey...

— Scott.

Ela assentiu.

— Tudo bem, Scott. Foi bom falar com você. Precisei de toda a minha coragem para vir aqui, mas estou feliz de ter vindo.

Ela esticou a mão. Scott a apertou.

— Só um favor. Se você por acaso encontrar Deirdre, eu queria que não contasse que vim falar com você.

— Combinado.

No dia seguinte à visita de Missy Donaldson, enquanto estava sentado no balcão da Lanchonete da Patsy terminando o almoço, Scott ouviu alguém atrás dele, em uma das mesas, falar alguma coisa sobre "aquele restaurante sapatão". Risadas seguiram o comentário. Scott olhou para o pedaço de torta de maçã pela metade com uma bola de sorvete de baunilha derretendo em volta. Parecia apetitosa quando Patsy a serviu, mas agora ele não queria mais.

Será que já tinha ouvido comentários desse tipo e os filtrou, como fazia com a maior parte das conversas que ouvia sem querer e que não eram importantes (ao menos para ele)? Não gostava de pensar que sim, mas era possível.

Missy dissera que elas provavelmente perderiam o restaurante. Que teriam que contar com os moradores.

Ela usou o futuro do presente do indicativo, como se o Holy Frijole já estivesse com uma placa de VENDE-SE OU ALUGA-SE na frente.

Ele se levantou, deixou a gorjeta debaixo do prato de sobremesa e pagou a conta.

— Não conseguiu terminar a torta? — perguntou Patsy.

— Meu olho foi maior do que a barriga — disse Scott, o que não era verdade. Seu olho e sua barriga estavam do mesmo tamanho de sempre; só estavam pesando menos. O incrível era que ele não ligava mais, nem se preocupava muito. Por mais surpreendente que fosse, às vezes sua perda de peso regular sumia totalmente do pensamento. Aconteceu quando ele estava esperando para tirar as fotos de Dee e Dum agachados no gramado. E aconteceu agora. O que estava na cabeça dele naquele momento era aquele comentário sobre sapatões.

Quatro caras estavam sentados à mesa de onde viera o comentário, sujeitos corpulentos usando uniformes. Havia uma fileira de capacetes no parapeito da janela. Os homens estavam usando coletes laranja com SPCR pintado neles: Serviços Públicos de Castle Rock.

Scott passou direto por eles a caminho da porta, abriu-a, mas mudou de ideia e foi até a mesa onde estava a equipe de serviços públicos. Reconheceu dois dos homens, tinha jogado pôquer com um deles, Ronnie Briggs. Eram gente da cidade, como ele. Vizinhos.

— Quer saber, aquilo foi uma coisa escrota de dizer.

Ronnie ergueu os olhos, intrigado, mas reconheceu Scott e sorriu.

— Oi, Scotty. Como vai?

Scott o ignorou.

— Aquelas mulheres moram na mesma rua que eu. Elas são legais. — Bom, Missy era. Sobre McComb ele não tinha tanta certeza.

Um dos outros homens cruzou os braços sobre o peito largo e encarou Scott.

— Você estava nessa conversa?

— Não, mas...

— Certo. Então, cai fora.

— ...mas tive que ouvir.

A lanchonete era pequena, mas estava sempre cheia no almoço, tomada de conversas. Agora, a falação e o som de talheres pararam. Cabeças se viraram. Patsy parou ao lado da registradora, alerta para o caso de problemas.

— Vou falar mais uma vez, cara, cai fora. O que nós falamos não é da sua conta.

Ronnie se levantou rapidamente.

— Ei, Scotty, vou com você até lá fora.

— Não precisa — disse Scott. — Não preciso de acompanhante, mas tenho uma coisa para dizer primeiro. Se você come lá, o que é da sua conta é a comida. Pode criticar quanto quiser. O que aquelas mulheres fazem no resto da vida delas *não* é da sua conta. Entendeu?

O cara que havia perguntado a Scott se ele tinha sido convidado para a conversa descruzou os braços e se levantou. Não era tão alto quanto Scott, mas era mais jovem e musculoso. Um rubor havia subido pelo pescoço dele até as bochechas.

— Você tem que tirar essa boca tagarela daqui antes que eu dê um soco nela.

— Chega disso, chega disso — disse Patsy, com voz cortante. — Scotty, você vai ter que sair.

Ele saiu da lanchonete sem discutir e respirou fundo o ar frio de outubro. Houve uma batida no vidro atrás dele. Scott se virou e viu o cara do pescoço grosso encarando-o. Ele levantou um dedo como quem diz *espera um segundo*. Havia vários pôsteres na vitrine da lanchonete da Patsy. O cara tirou um, andou até a porta e a abriu.

Scott apertou as mãos. Não se metia numa briga desde o fundamental II (uma batalha épica que durou quinze segundos, em que seis socos foram dados e quatro erraram longe), mas de repente ele estava ansioso por aquela. Sentia-se leve sobre os pés, mais do que pronto. Não com raiva, mas feliz. Otimista.

Flutue como uma borboleta e ferroe como uma abelha, pensou ele. *Vamos lá, garotão.*

Mas o cara do pescoço grosso não queria brigar. Ele amassou o pôster e o jogou na calçada, aos pés de Scott.

— Aqui, sua namorada. Leva ela para casa e bate uma punheta, tá? Sem contar estupro, isso é o mais perto que você vai chegar de trepar com ela.

Ele entrou e se sentou com os amigos novamente, parecendo satisfeito. Caso encerrado. Ciente de que todo mundo da lanchonete estava olhando para ele pela janela, Scott se inclinou, pegou o pôster amassado e saiu andando sem destino, só querendo fugir dos olhares. Não sentia vergonha nem se achava idiota por começar algo na lanchonete onde metade de Castle Rock almoçava, mas todos aqueles olhos interessados eram irritantes. Fazia com que ele se perguntasse por que alguém iria querer subir em um palco para cantar, atuar ou contar piadas.

Ele desamassou a bola de papel e a primeira coisa em que pensou foi no que Missy Donaldson disse: *Esse foi o único motivo para ela deixar que a colocassem naquele pôster.* Aparentemente estava se referindo ao Comitê da Corrida do Peru de Castle Rock.

No centro da folha havia uma foto de Deirdre McComb. Havia outros corredores, a maioria atrás. Um enorme número 19 estava preso na cintura do shortinho azul. Na frente da camiseta estava escrito MARATONA DA CIDADE DE NOVA YORK 2011. No rosto havia uma expressão que Scott não associaria com ela: felicidade eufórica.

A legenda dizia: *Deirdre McComb, sócia do Holy Frijole, a mais nova experiência gourmet de Castle Rock, se aproxima da linha de chegada da Maratona da Cidade de Nova York, em que terminou em* QUARTO *na Divisão Feminina! Ela anunciou que correrá este ano na maratona de doze quilômetros de Castle Rock, a Corrida do Peru.* E VOCÊ?

Os detalhes estavam abaixo da legenda. A corrida anual de Ação de Graças de Castle Rock aconteceria na sexta-feira seguinte ao feriado, começando no Centro Recreativo, em Castle View, e terminando no centro, na ponte Tin. Pessoas de todas as idades eram bem-vindas e o valor era de cinco dólares para moradores, sete para quem fosse de fora e dois para menores de quinze anos. As inscrições podiam ser feitas no Centro Recreativo de Castle Rock.

Ao olhar a euforia no rosto da mulher da foto, puro barato de corredor, Scott entendeu que Missy não estava exagerando sobre a expectativa de vida do Holy Frijole. Nem um pouco. Deirdre McComb era uma mulher orgulhosa que se tinha em alta conta e que se ofendia rapidamente, até demais, na opinião de Scott. O fato de ter permitido que a foto fosse usada assim, provavelmente só pela menção à "mais nova experiência gourmet de Castle Rock", só podia ser um gesto de desespero. Qualquer coisa, qualquer coisa mesmo, para trazer mais alguns clientes, mesmo que só quisessem admirar aquelas pernas compridas paradas no balcão da recepção.

Ele dobrou o pôster, guardou no bolso de trás da calça jeans e foi andando lentamente pela rua principal, olhando as vitrines ao passar. Havia pôsteres em todas: pôsteres de bufês, pôsteres do bazar gigante do ano, no estacionamento do autódromo de Oxford Plains, pôsteres de bingo na igreja católica e um jantar americano no quartel dos bombeiros. Ele viu o pôster da Corrida do Peru na vitrine da Vendas e Serviços de Computadores de Castle Rock, mas depois disso só no Book Nook, uma construção pequena no fim da rua.

Ele entrou, olhou alguns livros e pegou um livro de fotos na mesa de promoções: *Acessórios e móveis da Nova Inglaterra*. Talvez não houvesse nada útil para o projeto, pois o primeiro estágio já estava praticamente completo, mas nunca se sabia. Enquanto pagava a Mike Badalamente, o dono e único funcionário do lugar, ele comentou sobre o pôster na vitrine e mencionou que a mulher era sua vizinha.

— É, Deirdre McComb foi corredora de destaque por quase dez anos — disse Mike, botando o livro em uma sacola. — Ela teria ido à Olimpíada de 2012 se não tivesse quebrado o tornozelo. Foi muito azar. Pelo que soube, nem tentou entrar na de 2016. Acho que se aposentou das grandes competições, mas mal posso esperar para correr com ela este ano. — Ele sorriu. — Não que eu vá correr com ela por muito tempo depois da largada. Ela vai deixar os concorrentes para trás.

— Homens e mulheres?

Mike riu.

— Amigão, ela não era chamada de Relâmpago de Malden por nada. Malden é a cidade natal dela.

— Vi um pôster na Patsy e um na vitrine da loja de computadores, além desse. Mas não vi em nenhum outro lugar. Por que isso?

O sorriso de Mike sumiu.

— Nada para se orgulhar. Ela é lésbica. Não haveria problema nenhum se ela ficasse na dela, ninguém se importa com o que acontece por trás de portas fechadas, mas ela tem que apresentar a mulher que cozinha no Frijole como esposa. Muita gente daqui vê isso como um grande "vai todo mundo se ferrar".

— Então os comércios não colocam os pôsteres, apesar de as inscrições beneficiarem o Centro Recreativo? Só porque ela está na foto?

Depois do incidente na Patsy, essas nem eram perguntas de verdade, só um jeito de entender melhor. De certa forma, ele se sentia como quando tinha dez anos, quando o irmão do seu melhor amigo reuniu os garotos menores e contou os fatos da vida. Agora, como naquela época, Scott tinha uma ideia vaga do todo, mas os detalhes ainda o impressionavam. As pessoas faziam mesmo aquilo? Sim, faziam. Aparentemente, faziam isso também.

— Vão ser substituídos por novos — disse Mike. — Eu sei porque estou no comitê. Foi ideia do prefeito Coughlin. Você conhece o Dusty, o rei do comprometimento. Os novos vão ter um bando de perus correndo pela Main Street. Não gostei e não votei a favor, mas entendo o raciocínio. A cidade dá uma ninharia para o Centro Recreativo, dois mil dólares. Não é suficiente para a manutenção do parquinho, e menos ainda para as outras coisas que fazemos. A Corrida do Peru gera quase *cinco* mil dólares, mas temos que fazer propaganda.

— Então... só porque ela é lésbica...

— Lésbica *casada*. Esse é o problema para a maioria das pessoas. Você sabe como é o condado de Castle, Scott. Você mora aqui há quanto tempo, vinte e cinco anos?

— Mais de trinta.

— É. Ele é todo republicano. Republicano *conservador*. Trump venceu por três a um no condado em 2016 e o povo aqui acha que nosso governador cabeça-dura anda na água. Se aquelas mulheres tivessem sido discretas, estariam bem, mas não foram. Agora, tem gente que acha que elas estão tentando fazer algum tipo de declaração política. Eu acho que ou elas não conheciam o clima político daqui, ou foram burras. — Ele fez uma pausa. — A comida é boa, apesar de tudo. Você já foi lá?

— Ainda não — disse Scott —, mas pretendo ir.

— Bom, não espera muito — disse Mike. — Ano que vem, nesta época, é capaz de ter uma sorveteria lá.

HOLY FRIJOLE

Em vez de ir para casa, como pretendia, Scott foi até a praça folhear sua nova aquisição e olhar as fotos. Ele andou pelo outro lado da rua principal e viu o que agora chamava de Pôster da Deirdre mais uma vez, na loja de tricô e linhas. E em nenhum outro lugar.

Mike ficou dizendo *elas* e *aquelas mulheres*, mas ele duvidava disso. O problema era McComb. Ela era a parte do relacionamento que gostava de desafiar as pessoas. Ele achava que Missy Donaldson ficaria feliz de manter a discrição. Aquela metade do relacionamento teria problemas sérios até para dizer xô para um ganso.

Mas ela me procurou, pensou ele, *e disse bem mais do que xô. Ela precisou ter coragem.*

Sim, e ele gostou dela por isso.

Ele largou o *Acessórios e móveis da Nova Inglaterra* no banco do parque e começou a subir e descer os degraus do coreto. Não era de exercício que ele precisava, só de movimento. *Tem formigas na minha cueca*, pensou ele. *Além de bicho-carpinteiro no corpo*. E ele não estava só subindo os degraus, estava correndo por eles. Fez a mesma coisa umas seis vezes e voltou para o banco, achando interessante perceber que não estava sem fôlego e que sua pulsação só tinha se acelerado de leve.

Ele pegou o celular e ligou para o dr. Bob. A primeira coisa que Ellis perguntou foi sobre o peso.

— Noventa e dois e meio hoje de manhã — disse Scott.
— Escuta, você...

— Então está continuando. Você pensou melhor sobre levar isso a sério e investigar? Uma perda de mais de trinta quilos *é* coisa séria. Ainda tenho contatos no Mass General e acho que um exame completo não lhe custaria nada. Na verdade, talvez eles até lhe paguem.

— Bob, estou me sentindo bem. Melhor do que bem, na verdade. O motivo para eu ter ligado foi para perguntar se você já comeu no Holy Frijole.

Houve uma pausa enquanto Ellis digeria aquela mudança de assunto.

— O das suas vizinhas lésbicas? Não, ainda não.

Scott franziu a testa.

— Sabe, elas são um pouco mais que sua orientação sexual. Só para constar.

— Relaxa. — Ellis pareceu meio surpreso. — Não pretendia pisar em calo nenhum.

— Tudo bem. É que… houve um incidente no almoço. Na Patsy.

— Que tipo de incidente?

— Uma pequena discussão. Por causa delas. Não importa. Escuta, Bob, que tal a gente sair? Ir ao Holy Frijole. Jantar. Eu pago.

— Quando você estava pensando?

— Que tal hoje?

— Hoje eu não posso, mas posso na sexta. Myra vai passar o fim de semana na irmã, em Manchester, e sou péssimo na cozinha.

— Está marcado, então.

— Um encontro de caras — concordou Ellis. — Daqui a pouco você vai me pedir em casamento.

— Isso seria um pouco bígamo da sua parte, e não vou oferecer tentação nenhuma. Só me faz um favor: faz a reserva você.

— As coisas ainda estão tensas com elas? — Ellis pareceu achar graça. — Não seria melhor deixar para lá, então? Tem um bom restaurante italiano em Bridgton.

— Não. Estou com vontade de comida mexicana.

O dr. Bob suspirou.

— Acho que posso fazer a reserva. Se bem que, se os boatos que ouço sobre o lugar forem verdade, acho que nem seria necessário.

Na sexta, Scott buscou Ellis, porque o dr. Bob não gostava mais de dirigir à noite. O trajeto até o restaurante foi curto, mas longo o suficiente para Bob contar a Scott o verdadeiro motivo pelo qual ele quis adiar o encontro de caras até sexta: não queria entrar em uma briga com Myra, que estava nos comitês da igreja e da cidade e não gostava das mulheres que administravam a mais nova experiência gourmet de Castle Rock.

— Você está de sacanagem — disse Scott.

— Infelizmente, não. Myra tem a mente aberta para quase tudo, mas quando o assunto é política sexual... vamos só dizer que ela foi criada de certa forma. Nós poderíamos ter brigado, talvez intensamente, até, se eu não achasse que brigas aos gritos entre marido e esposa de idade avançada são indignas.

— E você vai contar que foi ao antro de iniquidade mexicano-vegetariano de Castle Rock?

— Se ela perguntar onde comi na noite de sexta, vou. Se não perguntar, vou ficar calado. E você também.

— E eu também — confirmou Scott. Ele parou em uma das vagas inclinadas. — Chegamos. Obrigado por fazer isso comigo, Bob. Minha esperança é que isso ajeite as coisas.

Não ajeitou.

Deirdre estava na recepção, não de vestido, mas com uma blusa branca e uma calça preta justa que exibia suas pernas admiráveis. O dr. Bob entrou na frente e ela sorriu para ele... não o sorriso levemente superior, com os lábios fechados e as sobrancelhas erguidas, mas um sorriso profissional de boas-vindas. Mas logo ela viu Scott e o sorriso sumiu. Ela olhou para ele friamente com seus olhos verde-acinzentados, como se ele fosse um inseto em uma lâmina de microscópio, voltou o olhar para baixo e pegou dois cardápios.

— Vou levá-los à sua mesa.

Enquanto ela os levava até lá, Scott admirou a decoração. Não era suficiente dizer que McComb e Donaldson tinham caprichado; aquilo parecia resultado de um trabalho amoroso. Havia música mexicana (ele achava que do tipo chamado Tejano ou ranchera) tocando nos alto-falantes. As paredes eram amarelas em tom suave e o gesso tinha ganhado uma textura para parecer adobe. As arandelas eram cactos verdes de vidro. Painéis grandes pendurados nas paredes exibiam um sol, uma lua, dois macacos dançando e um sapo com olhos dourados. O salão tinha o dobro do tamanho da lanchonete da Patsy, mas ele só viu cinco casais e um grupo de quatro.

— Aqui estão — disse Deirdre. — Espero que apreciem a refeição.

— Tenho certeza de que sim — disse Scott. — É bom estar aqui. Espero que possamos recomeçar, srta. McComb. Acha que é possível?

Ela olhou para ele calmamente, mas com frieza.

— Gina virá atendê-los e vai dizer quais são os pratos especiais do dia.

Com isso, foi embora.

O dr. Bob se sentou e abriu o guardanapo.

— Bolsa de água quente nas bochechas e na testa.

— Como?

— Tratamento pra geladura. Acho que você acabou de levar um raio congelante direto na cara.

Antes que Scott pudesse responder, uma garçonete apareceu. Era a única garçonete, ao que parecia. Assim como Deirdre McComb, ela estava usando uma calça preta e uma blusa branca.

— Bem-vindos ao Holy Frijole. Desejam alguma coisa para beber, cavalheiros?

Scott pediu uma Coca. Ellis escolheu uma taça de vinho da casa e botou os óculos para examinar melhor a jovem.

— Você é a Gina Ruckleshouse, não é? Deve ser. Sua mãe foi minha recepcionista quando eu ainda tinha um consultório no centro, na era jurássica. Você é muito parecida com ela.

Ela sorriu.

— Sou Gina Beckett agora, mas é isso mesmo.

— É muito bom ver você, Gina. Mande lembranças para sua mãe.

— Pode deixar. Ela está em Dartmouth-Hitchcock agora, no lado sombrio. — Ela estava se referindo a New Hampshire.

— Volto daqui a pouco para explicar os pratos especiais.

Quando ela voltou, trazia uma entrada junto com as bebidas e botou os pratos na mesa de forma quase reverente. O cheiro era de matar.

— O que temos aqui? — perguntou Scott.

— Chips de banana-da-terra verde fritos e um molho de alho, coentro, limão e pimenta-verde. Cortesia da chefe. Ela diz que é um prato mais cubano do que mexicano, mas espera que vocês apreciem mesmo assim.

Quando Gina saiu, o dr. Bob se inclinou para a frente, sorrindo.

— Parece que você teve sucesso com a da cozinha, pelo menos.

— Talvez seja por você. Gina pode ter sussurrado no ouvido da Missy que a mãe dela trabalhava no seu consultório. — Se bem que Scott sabia a verdade... ou pelo menos achava que sabia.

O dr. Bob ergueu as sobrancelhas peludas.

— Missy, é? Já está chamando pelo primeiro nome?

— Para com isso, doutor.

— Só se você prometer não me chamar mais de doutor. Eu odeio. Me faz pensar em Milburn Stone.

— Quem é esse?

— Procura no Google quando chegar em casa, meu garoto.

Eles comeram, e comeram muito bem. A comida era vegetariana, mas estava deliciosa: *enchiladas* com *frijoles* e tortillas que não foram compradas em pacote no supermercado. Enquanto comiam, Scott contou a Ellis sobre o pequeno desentendimento na Patsy e sobre os pôsteres com Deirdre McComb, que logo seriam substituídos por versões menos controversas com um bando de perus desenhados. Ele perguntou se Myra estava naquele comitê.

— Não, esse ela perdeu... mas sei que teria aprovado a mudança.

Com isso, ele voltou a conversa para a perda de peso misteriosa de Scott e para o fato — mais misterioso ainda — de que ele parecia o mesmo fisicamente. E, claro, o fato mais misterioso de todos: qualquer coisa que ele usasse ou carregasse não fazia nenhum peso.

Algumas outras pessoas chegaram ao restaurante, e o motivo de McComb estar vestida como garçonete ficou claro: ela *era* garçonete, ao menos naquela noite. Talvez todas. O fato de ela estar exercendo dupla função deixou ainda mais clara a posição econômica do restaurante. Os cortes tinham começado.

Gina perguntou se eles queriam sobremesa. Os dois recusaram.

— Eu não conseguiria comer mais nada, mas pode dizer à srta. Donaldson que tudo estava fantástico — disse Scott.

O dr. Bob ergueu dois polegares.

— Ela vai ficar muito feliz — disse Gina. — Volto logo com a conta.

O restaurante estava esvaziando rapidamente, só restavam alguns casais tomando drinques depois do jantar. Deirdre perguntava aos que iam embora como estava a comida e agradecendo a vinda deles. Sorrisos grandes. Mas não houve sorrisos para os dois homens à mesa embaixo da tapeçaria do sapo; ela nem sequer olhou na direção deles.

É como se tivéssemos a peste, pensou Scott.

— E você tem certeza de que está se sentindo bem? — perguntou o dr. Bob, provavelmente pela décima vez. — Sem arritmia nos batimentos? Sem tontura? Sem sede excessiva?

— Nada disso. Muito pelo contrário. Quer ouvir uma coisa interessante?

Ele contou a Ellis sobre sua corrida subindo e descendo a escada do coreto, quase *quicando* pelos degraus, e sobre a medida da pulsação depois.

— Não era um ritmo de repouso, mas estava bem baixo. Abaixo de oitenta. E eu não sou médico, mas sei como é meu corpo e sei que não houve definhamento nos músculos.

— Ainda não, pelo menos.

— Acho que não vai haver. Acho que a massa permanece igual, apesar de o peso que deveria acompanhar a massa estar de alguma forma desaparecendo.

— Essa ideia é insana, Scott.

— Tenho que concordar, mas é isso. O poder que a gravidade tem sobre mim definitivamente diminuiu. E quem não ficaria alegre por isso?

Antes que o dr. Bob pudesse responder, Gina voltou com o canhoto para Scott assinar. Ele fez isso, acrescentou uma gorjeta generosa e comentou novamente como tudo estava delicioso.

— Que maravilha. Por favor, voltem. E digam para os seus amigos. — Ela se inclinou para a frente e baixou a voz. — Nós precisamos *mesmo* de movimento.

Deirdre McComb não estava na recepção quando eles saíram. Estava na calçada, no pé da escada, olhando para o sinal de trânsito e para a ponte Tin. Ela se virou para Ellis e abriu um sorriso para ele.

— Será que posso dar uma palavrinha com o sr. Carey em particular? Não vai levar nem um minuto.

— Claro. Scott, vou atravessar a rua para dar uma olhada na vitrine da livraria. É só buzinar quando estiver pronto para ir embora.

O dr. Bob atravessou a rua principal (deserta, como sempre ficava às oito; a cidade ia dormir cedo) e Scott se virou para Deirdre. O sorriso dela tinha sumido. Ele viu que ela estava com raiva. Tivera esperanças de melhorar as coisas ao ir comer no Holy Frijole, mas acabou piorando tudo. Não sabia o motivo, mas estava claro que era o que tinha acontecido.

— Em que está pensando, srta. McComb? Se ainda são os cachorros...

— Como poderia ser, se agora corremos com eles no parque? Ou tentamos, pelo menos. As coleiras sempre se embolam.

— Vocês podem correr com eles na View. Eu disse. É só recolher o...

— Esqueça os cachorros. — Os olhos verde-acinzentados estavam soltando fagulhas. — O assunto está encerrado. O que *precisa* ser encerrado agora é o seu comportamento. Nós não precisamos de você nos defendendo na lanchonete gordurosa da cidade e despertando uma falação que já tinha começado a morrer.

Se acredita que está morrendo, você não viu como tem poucas lojas com a sua foto na vitrine, pensou Scott. O que ele disse foi:

— A lanchonete da Patsy está longe de ser gordurosa. Ela pode não servir seu tipo de comida, mas é limpa.

— Limpa ou suja, essa não é a questão. Se houver necessidade, *eu* é que vou me defender. Eu... nós... não precisamos que você banque sir Galahad. Primeiro porque você é meio velho para o personagem. — Ela desceu o olhar pela frente da camisa dele. — Além disso, está acima do peso.

Considerando a atual condição de Scott, a alfinetada passou longe, mas ele achou uma graça amarga de sua tentativa de atingi-lo com isso. Ela teria ficado furiosa se ouvisse um homem dizer que uma mulher era meio velha e estava acima do peso para fazer o papel de Guinevere.

— Tudo bem — disse ele. — Entendi.

Ela pareceu momentaneamente desconcertada pela resposta branda; era como se tivesse atacado um alvo fácil e errado completamente.

— Terminamos aqui, srta. McComb?

— Mais uma coisa. Quero que você fique longe da minha esposa.

Então ela sabia que ele e Donaldson tinham conversado. Foi a vez de Scott hesitar. Será que Missy tinha contado a McComb que o havia procurado ou será que tinha dito que Scott a havia procurado para tentar promover a paz? Se ele perguntasse, poderia arrumar confusão para ela, e não queria fazer isso. Ele não era especialista em casamentos, considerando que o dele foi um fracasso, mas achava que os problemas do restaurante já eram tensão suficiente no relacionamento do casal.

— Tudo bem — disse ele. — *Agora* acabamos?

— Sim. — E, como fez no final do primeiro encontro, antes de fechar a porta na cara dele: — Boa conversa.

Ele ficou olhando enquanto ela subia a escada, magra e ágil com a calça preta e a blusa branca. Conseguia vê-la subindo e descendo correndo a escada do coreto, bem mais rápido do que ele era capaz, mesmo depois de perder vinte quilos, com passos leves como os de uma bailarina. O que foi mesmo que Mike Badalamente disse? *Mal posso esperar para correr com ela este ano. Não que eu vá correr com ela por muito tempo depois da largada.*

Deus tinha dado a ela um lindo corpo para correr, e Scott desejava que ela estivesse desfrutando mais dele. Achava que, por trás do sorriso arrogante, Deirdre McComb não estava desfrutando de muita coisa ultimamente.

— Srta. McComb?

Ela se virou. Esperou.

— A comida estava mesmo excelente.

Não houve sorriso para isso, nem arrogante nem nenhum outro.

— Que bom. Acho que você já deve ter dito isso pra Missy através de Gina, mas fico feliz de passar o recado de novo. E agora que você veio aqui e provou para si mesmo que é um anjo politicamente correto, por que não fica na Patsy? Acho que todos ficaremos mais à vontade assim.

Ela entrou. Scott ficou parado na calçada por um momento, sentindo-se... o quê? Era uma mistura tão estranha de emoções que ele achava que não havia uma palavra única para definir. Repreendido, sim. Achando um pouco de graça, talvez. Meio puto também. Mas, mais do que tudo, triste. Aquela era uma mulher que não queria um sinal de paz, e ele acreditara — com certa ingenuidade, ao que parecia — que todo mundo queria um.

O dr. Bob deve estar certo, ainda devo ser um garoto, pensou ele. *Ora, nem sei quem é Milburn Stone.*

A rua estava silenciosa demais para ele se sentir confortável para buzinar, mesmo que fosse rapidamente, então ele a atravessou e parou ao lado de Ellis na vitrine do Book Nook.

— Acertou as coisas? — perguntou o dr. Bob.

— Não exatamente. Ela me mandou deixar a esposa dela em paz.

O dr. Bob se virou para ele.

— Então sugiro que você faça isso mesmo.

Scott levou o amigo para casa e, misericordiosamente, o dr. Bob não passou o trajeto importunando-o para se internar no Mass General, no Mayo, na Cleveland Clinic nem na Nasa. Quando saiu, agradeceu a Scott por uma noite interessante e falou para ele manter contato.

— Claro — disse Scott. — Estamos juntos nisso agora.

— Sendo assim, gostaria de saber se você poderia vir aqui, talvez no domingo. Myra ainda não vai ter voltado e podemos assistir aos Patriots no andar de cima em vez de na minha lamentável caverna masculina. Eu também gostaria de tirar umas medidas. Pra começar um registro. Você permitiria isso?

— Sim para o futebol americano, não para as medidas — disse Scott. — Pelo menos por enquanto. Tudo bem?

— Aceito sua decisão — disse o dr. Bob. — Foi mesmo uma ótima refeição. Não senti a menor falta de carne.

— Nem eu — concordou Scott, mas isso não era bem verdade.

Quando chegou em casa, ele preparou um sanduíche de salame com mostarda escura. Em seguida, tirou a roupa e subiu na balança do banheiro. Tinha recusado as medidas porque tinha certeza de que o dr. Bob também ia querer fazer uma pesagem cada vez que verificasse a densidade muscular de Scott, e ele tinha uma intuição (ou talvez fosse um profundo autoconhecimento físico) que havia acabado de confirmar. Ele estava com um pouco mais de noventa e um quilos naquela manhã. Agora, depois de um jantar farto seguido de um lanche caprichado, estava com noventa.

O processo estava se acelerando.

A APOSTA

Foi um lindo final de outubro em Castle Rock, com dia após dia de céu azul sem nuvem e temperaturas quentes. A minoria politicamente progressista falava em aquecimento global; a maioria mais conservadora considerava aquilo um veranico especialmente agradável que logo seria seguido de um típico inverno do Maine. Mas todos apreciaram os belos dias. Abóboras surgiram nas varandas, gatos pretos e esqueletos dançavam nas janelas das casas e as crianças que sairiam pedindo doces foram devidamente orientadas na reunião da escola a ficar nas calçadas quando a grande noite chegasse e a só aceitar doces embrulhados. Os alunos de ensino médio foram fantasiados para o baile anual de Halloween no ginásio, para o qual uma banda de garagem da região, chamada Big Top, mudou de nome para Pennywise e os Palhaços.

Nas duas semanas seguintes ao jantar com Ellis, Scott continuou perdendo peso em um ritmo que foi se acelerando lentamente. Ele estava com 81,6 quilos, o que totalizava uma diminuição de pouco menos de trinta quilos, mas continuava se sentindo ótimo, excelente, vibrante. Na tarde de Halloween, ele foi até a farmácia cvs no novo shopping de Castle Rock e comprou mais doces do que provavelmente precisaria. Os residentes de View não recebiam muitas visitas fantasiadas agora (havia mais antes do desabamento da Escada Suicida, alguns anos antes), mas o que os pequenos pedintes não levassem ele mesmo comeria. Um dos benefícios de sua condição peculiar, além de toda a energia adicional, era conseguir comer tanto quanto quisesse sem virar uma rolha de poço. Ele sabia que todas aquelas gorduras podiam estar fazendo miséria com seu colesterol, mas tinha o palpite de que não estavam. Ele encontrava-se na melhor forma de sua vida, apesar da gordura enganosa na cintura, e sua mente estava melhor do que em qualquer outro momento desde o auge dos dias de flerte com Nora Kenner.

Além de tudo isso, seus clientes da loja de departamentos estavam adorando seu trabalho, convencidos (falaciosamente, Scott temia) de que os múltiplos sites que ele tinha criado fariam a loja convencional dar a volta por cima. Ele tinha recebido recentemente um cheque de 582.674,50 dólares. Antes de depositá-lo, tirou até uma foto. Estava em uma cidadezinha do Maine, trabalhando do escritório de casa, e estava quase rico.

Desde a ida ao restaurante, ele tinha visto Deirdre e Missy só duas vezes, e de longe. Estavam correndo no parque, Dee e Dum em coleiras compridas e não parecendo nada felizes.

Quando Scott voltou da farmácia, foi subindo pelo caminho na direção da porta, mas depois desviou até o olmo no jardim da frente. As folhas tinham amarelado, mas graças ao calor daquele outono a maioria ainda estava na árvore, farfalhando baixinho. O galho mais baixo ficava a um metro e oitenta acima da cabeça dele e era convidativo. Ele deixou a sacola com os doces no chão, levantou os braços, flexionou os joelhos e pulou. Pegou o galho com facilidade, uma coisa que não chegaria nem perto de conseguir um ano antes. Não havia degeneração nos músculos; eles ainda achavam que estavam sustentando um homem de cento e dez quilos. Isso o fez pensar em filmagens antigas de televisão que mostravam os astronautas que pousaram na Lua dando passos gigantescos.

Ele se deixou cair de pé no gramado, pegou a sacola e foi até os degraus da varanda. Em vez de subi-los um por um, flexionou novamente os joelhos e pulou até o último.

Foi fácil.

Scott colocou os doces em uma tigela grande junto à porta da frente e foi para o escritório. Ligou o computador, mas não abriu nenhum dos arquivos de trabalho espalhados pela tela. Em vez disso, abriu a função calendário e foi até o ano seguinte. Os números das datas estavam em preto, com exceção dos feriados e compromissos. Esses estavam em vermelho. Scott só tinha marcado um compromisso para o ano seguinte: no dia 3 de maio. A anotação, também em vermelho, consistia de uma única palavra: ZERO. Quando ele a apagou, o dia 3 de maio ficou preto de novo. Ele selecionou 31 de março e digitou ZERO no quadrado. Aparentemente, agora aquele era o dia em que ele ficaria sem peso, a não ser que a velocidade da perda continuasse aumentando e isso se antecipasse novamente. O que podia acontecer. Mas, enquanto isso, ele pretendia aproveitar a vida. Scott sentia que devia isso a si mesmo. Afinal, quantas pessoas em condição terminal podiam dizer que se sentiam ótimas? Às vezes, ele pensava em uma frase que Nora trouxe para casa das reuniões do AA: *O ontem já foi, o amanhã talvez não venha.*

Parecia encaixar perfeitamente em sua situação atual.

Ele recebeu seus primeiros visitantes fantasiados lá pelas quatro horas e os últimos logo depois do pôr do sol. Havia fantasmas e duendes, super-heróis e stormtroopers. Uma criança estava vestida de forma divertida como uma caixa de correspondência azul e branca, os olhos aparecendo na abertura. Scott deu para a maioria das crianças duas barras de chocolate pequenas, mas a caixa de correspondência ganhou três porque foi a melhor de todas. Os menores estavam acompanhados dos pais. Os últimos, um pouco mais velhos, estavam quase todos sozinhos.

A última dupla, um menino e uma menina que talvez estivessem vestidos de João e Maria, apareceu depois das seis e meia. Scott deu a cada um deles dois chocolates, para que não fizessem travessuras com ele (tinham uns nove ou dez anos e não pareciam particularmente travessos) e perguntou se eles tinham visto mais crianças pelo bairro.

— Não — disse o menino. — Acho que somos os últimos. — Ele cutucou a garota. — *Ela* ficou demorando para ajeitar o cabelo.

— O que vocês ganharam lá no alto da rua? — perguntou Scott, apontando para a casa onde McComb e Donaldson moravam. — Alguma coisa legal? — Tinha acabado de lhe ocorrer que talvez Missy tivesse criado alguns doces especiais de Halloween, como cenouras mergulhadas em chocolate ou algo do tipo.

A garotinha arregalou os olhos.

— Nossa mãe mandou a gente não ir lá porque elas não são moças boazinhas.

— Elas são lésbecas — disse o garoto. — O papai falou.

— Ah — disse Scott. — *Lésbecas*. Entendi. Vão para casa com cuidado, o.k.? Fiquem nas calçadas.

Eles seguiram caminho, carregando as sacolas com doces. Scott fechou a porta e olhou dentro da tigela. Ainda estava pela metade. Ele achava que tinha recebido dezesseis ou dezoito visitantes. Perguntou-se quantos McComb e Donaldson tinham recebido. Perguntou-se se tinham recebido algum.

Ele foi até a sala, ligou no noticiário, viu vídeos de crianças pedindo doces em Portland e desligou a televisão.

Não são moças boazinhas, lembrou ele. *Lésbecas. O papai falou.*

Uma ideia ocorreu a ele nessa hora, da mesma forma que acontecia às vezes com suas ideias mais legais: quase completamente formada, precisando só de alguns ajustes e um pouco de polimento. As ideias legais não eram necessariamente *boas*, claro, mas ele pretendia seguir aquela e descobrir se era.

— Aproveita — disse ele, e riu. — Aproveita, antes que você seque e desapareça. Por que não? Por que não, porra?

Scott entrou no Centro Recreativo de Castle Rock às nove da manhã seguinte com uma nota de cinco dólares na mão. À mesa de inscrição da Corrida do Peru estavam Mike Badalamente e Ronnie Briggs, o cara do serviço público que Scott tinha visto pela última vez na lanchonete da Patsy. Atrás deles, no ginásio, uma liga matinal estava jogando basquete: os com camisa contra os sem camisa.

— Oi, Scotty! — cumprimentou Ronnie. — Como vai, camarada?

— Bem — disse Scott. — E você?

— Ótimo! — exclamou Ronnie. — Tão bem quanto poderia estar, já que cortaram minhas horas no trabalho. Não tenho visto você no pôquer de quinta ultimamente.

— Ando trabalhando muito, Ronnie. Em um projeto grande.

— Bom, quer saber de uma coisa, sobre aquele dia na Patsy... — Ronnie pareceu constrangido. — Cara, desculpa por aquilo. Trevor Yount tem uma boca enorme e ninguém gosta de fazer com que ele pare de falar quando ele começa. Quem tenta pode acabar indo para casa com um nariz quebrado.

— Tudo bem, são águas passadas. Ei, Mike, posso me inscrever na corrida?

— Claro — disse Mike. — Quanto mais gente, melhor. Você pode me fazer companhia no meio da galera dos fundos, junto com as crianças, os velhos e os fora de forma. Tem até um cego este ano. Vai correr com o cão-guia, é o que diz.

Ronnie se inclinou por cima da mesa e bateu na comissão de frente de Scott.

— E não se preocupe com isso, Scotty, meu garoto, tem uma ambulância a cada três quilômetros e mais duas na linha de chegada. Se você der pau, eles têm como reiniciar seu motor.

— Bom saber.

Scott pagou os cinco dólares e assinou uma declaração que dizia que a cidade de Castle Rock não seria responsável por nenhum acidente ou problema médico que ele pudesse sofrer durante a corrida, que seria de doze quilômetros. Ronnie preparou um recibo e Mike deu a ele um mapa do percurso e uma folha de papel com seu número.

— É só tirar a parte de trás e grudar na sua camisa antes da corrida. Dê seu nome a um dos juízes de partida para marcar sua presença e você estará pronto para correr.

Scott viu que o número que recebeu foi 371 e ainda faltavam mais de três semanas para a grande corrida. Ele assobiou.

— Estamos começando bem, principalmente se todas essas inscrições forem de adultos.

— Não são — disse Mike. — Mas a maioria é e, se for como no ano passado, vamos acabar tendo oitocentas ou novecentas pessoas correndo. Elas vêm de toda Nova Inglaterra. Só Deus sabe por quê, mas nossa corridinha do peru virou uma coisa importante. Meus filhos diriam que viralizou.

— É o visual — disse Ronnie. — É isso que faz as pessoas virem. E as colinas, principalmente a Hunter. E, claro, o fato de que o vencedor é quem acende a árvore de Natal da praça.

— O Centro Recreativo é quem opera todas as barraquinhas no caminho — disse Mike. — Para mim, essa é a melhor parte. Vamos levar muitos cachorros-quentes, pipoca, refrigerante e chocolate quente.

— Mas não cerveja — disse Ronnie com tristeza. — Votaram contra de novo este ano. Assim como o cassino.

E as lésbecas, pensou Scott. A cidade também havia votado contra as *lésbecas*. Só que não nas urnas. O lema da cidade parecia ser: se não dá para ser discreto, melhor ir embora.

— Deirdre McComb ainda planeja correr? — perguntou Scott.

— Ah, com certeza — disse Mike. — E ela está com seu antigo número. Dezenove. Nós guardamos para ela.

No Dia de Ação de Graças, Scott jantou com Bob e Myra Ellis e dois dos cinco filhos adultos deles, os que moravam perto o suficiente para irem até lá de carro. Scott comeu de tudo, repetiu o prato e depois se juntou às crianças em uma brincadeira animada de pique-pega no enorme quintal dos Ellis.

— Ele vai ter um ataque cardíaco correndo por aí depois de tanta comida — disse Myra.

— Acho que não — disse o dr. Bob. — Ele anda se preparando para a grande corrida de amanhã.

— Se ele tentar qualquer coisa além de uma corrida leve nos doze quilômetros, *vai* ter um ataque cardíaco — disse Myra, vendo Scott correr atrás de um de seus netos, que gargalhava. — Eu juro, homens de meia-idade não têm bom senso nenhum.

Scott foi para casa cansado, feliz e ansioso para a Corrida do Peru no dia seguinte. Antes de dormir, subiu na balança e viu, sem muita surpresa, que estava pesando sessenta e quatro quilos. Ainda não estava perdendo um quilo por dia, não tudo isso, mas logo esse dia chegaria. Ele ligou o computador e puxou o Dia Zero para 15 de março. Estava com medo, seria um idiota se não estivesse. Mas também estava curioso. E alguma outra coisa. Feliz? Era isso? Sim. Devia ser loucura, mas era isso. Ele se sentia único. O dr. Bob podia achar que *isso* era loucura, mas Scott achava que fazia sentido. Por que se sentir mal sobre algo impossível de mudar? Por que não apenas aceitar?

Uma onda de frio chegou no meio de novembro, intensa o suficiente para congelar os campos e gramados, mas a sexta seguinte ao Dia de Ação de Graças amanheceu nublada e quente demais para a estação. Charlie Lopresti, do Canal 13, previa chuva para mais tarde, talvez pesada, mas isso não afetou em nada o grande dia de Castle Rock, nem entre os espectadores nem entre os competidores.

Scott vestiu seu antigo short de corrida e andou até o prédio do Centro Recreativo às quinze para as oito, uma hora antes do horário marcado para a corrida começar, e já havia muita gente lá, a maioria vestindo moletom de zíper e capuz (que seriam descartados pelo caminho, conforme os corpos fossem se aquecendo). A maior parte das pessoas estava esperando que seus nomes fossem verificados em uma fila à esquerda, onde um cartaz dizia CORREDORES DE FORA DA CIDADE. À direita, onde o cartaz dizia RESIDENTES DE CASTLE ROCK, havia uma única fila curta. Scott soltou o papel de trás do número e o colou na camiseta acima do volume da barriga. Ali perto, a banda da escola de ensino médio estava passando o som.

Patsy Denton, da Lanchonete da Patsy, verificou o nome dele e o direcionou para o outro lado do prédio, onde a rua View começava e a corrida iniciaria.

— Como você é da cidade, pode trapacear e ir para a frente — disse Patsy —, mas isso não é considerado de bom-tom. Você deveria encontrar os outros trezentos e ficar com eles. — Ela olhou para a barriga dele. — Além do mais, você vai correr no grupo de trás com as crianças rapidinho.

— Essa doeu — disse Scott.

Ela sorriu.

— A verdade dói, né? Todos aqueles hambúrgueres com bacon e omeletes de queijo acabam voltando para assombrar. Mantenha isso em mente se você começar a sentir um aperto no peito.

Enquanto ia se juntar ao grupo cada vez maior de residentes que tinham chegado cedo, Scott observou o pequeno mapa. O trajeto era uma volta irregular. Os três primeiros quilômetros eram descendo a rua View até a rodovia 117. A ponte coberta do riacho Bowie era o ponto do meio. Seguia pela rodovia 119, que se tornava a estrada Bannerman quando atravessava a linha municipal. O décimo quilômetro incluía a colina Hunter, às vezes conhecida como Desgosto do Corredor. Era tão íngreme que as crianças costumavam usá-la para descer de trenó quando havia neve, chegando a velocidades assustadoras, mas terminando em segurança pela base macia. Os últimos dois quilômetros eram pela rua principal de Castle Rock, que estaria ladeada por espectadores comemorando, sem falar nas câmeras de todas as três emissoras de televisão de Portland.

Todos estavam em grupos, conversando, rindo e tomando café ou chocolate quente. Todo mundo, menos Deirdre McComb, que parecia impossivelmente alta e linda com o short azul e os tênis Adidas brancos como neve. Ela tinha colocado seu número — 19 — não no centro, mas no alto, do lado esquerdo da camiseta vermelha, para deixar boa parte da frente da camiseta visível. Nela havia a estampa de uma empanada e os dizeres HOLY FRIJOLE MAIN STREET 142.

Fazer propaganda do restaurante fazia sentido... mas só se ela achasse que faria alguma diferença. Scott desconfiava que já tinha passado desse ponto. Ela devia saber que os pôsteres "dela" tinham sido substituídos por outros, menos controversos; diferentemente do sujeito que correria com o cão-guia (Scott o tinha visto perto da linha de partida, dando uma entrevista), ela não era cega. O fato de não ter mandado tudo à merda e desistido não o surpreendia. Ele tinha uma boa ideia do motivo pelo qual ela ainda estava se mantendo firme. Ela queria que eles a engolissem.

Claro que quer, pensou ele. *Ela quer vencer todos: os homens, as mulheres, as crianças e o cego com seu pastor-alemão. Ela quer que a cidade inteira veja uma* lésbeca, *uma* lésbeca *casada, acender a árvore de Natal deles.*

Ele suspeitava que ela sabia que o restaurante não tinha salvação e talvez estivesse feliz, talvez mal pudesse esperar para sair de Castle Rock, mas, sim, ela queria que eles a engolissem antes que ela e a esposa fossem embora, deixando-os com aquela lembrança. Ela nem teria que fazer nenhum discurso, só abrir aquele sorriso arrogante. Aquele que dizia *tomem essa, seus babacas provincianos e moralistas. Boa conversa.*

Ela estava se alongando, primeiro uma perna para trás, segurando-a pelo tornozelo, depois a outra. Scott parou na mesa de bebidas (GRÁTIS PARA CORREDORES, UM DÓLAR PARA OUTROS) e pegou dois cafés, pagando um dólar pelo segundo. E foi até Deirdre McComb. Ele não tinha interesse por ela, nenhuma inclinação romântica, mas não pôde deixar de admirar seu corpo quando ela se alongou e se virou, o tempo todo olhando enfeitiçada para o céu, onde não havia nada a ser visto além de nuvens cinzentas.

Se concentrando, pensou ele. *Se preparando. Talvez não para sua última corrida, mas para a última que realmente vai significar alguma coisa.*

— Oi — disse ele. — Sou eu de novo. A praga.

Ela soltou a perna e o encarou. O sorriso apareceu, tão previsível quanto o nascer do sol no leste. Era a armadura dela. Talvez por trás houvesse uma pessoa magoada e com raiva, mas ela tinha decidido que ninguém no mundo veria isso. Exceto, talvez, Missy. Que não estava por perto naquela manhã.

— Ora, é o sr. Carey. E com um número. Também com uma comissão de frente, que acredito que esteja um pouco maior.

— Elogios não vão nos levar a lugar nenhum — disse ele. — E, ei, pode ser que seja só um travesseiro aqui, uma coisa que uso para enganar as pessoas. — Ele esticou a mão com um dos copos. — Quer um café?

— Não. Comi aveia e meia toranja às seis da manhã. Não vou ingerir mais nada até a metade da corrida. Lá, vou parar em uma das barracas e tomar um suco de cranberry. Agora, se você me der licença, quero terminar meu alongamento e minha meditação.

— Me dê um minuto — disse Scott. — Eu não vim aqui para oferecer café, até porque sabia que você não aceitaria. Vim oferecer uma aposta.

Ela estava segurando o tornozelo direito com a mão esquerda, começando a puxá-lo para cima. Então o soltou e encarou Scott como se um chifre tivesse nascido no meio da testa dele.

— Do que você está falando? E quantas vezes vou ter que dizer que seus esforços para... sei lá... se *engraçar* comigo não são bem-vindos?

— Tem uma grande diferença entre eu me engraçar e tentar ser simpático, como acho que você bem sabe. Ou saberia se não estivesse sempre tão na defensiva.

— Eu *não*...

— Mas sei que você tem seus motivos para estar na defensiva, e não vamos discutir semântica. A aposta que ofereço é simples. Se você vencer hoje, nunca mais a incomodo, e isso inclui reclamar sobre seus cachorros. Pode correr com eles pela rua View quanto quiser e, se eles cagarem no meu gramado, *eu* recolho tudo sem nunca protestar.

Ela lhe lançou um olhar incrédulo.

— *Se* eu vencer? *Se?*

Ele a ignorou.

— Se, por outro lado, eu vencer, você e Missy têm que ir jantar na minha casa. Vai ser um jantar *vegetariano*. Não cozinho mal quando me esforço. Nós vamos nos sentar, tomar um pouco de vinho e conversar. Quebrar o gelo ou, pelo menos, tentar. Não precisamos ser melhores amigos, não espero isso, é muito difícil mudar uma mente fechada...

— Minha mente *não* está fechada!

— Mas talvez a gente possa ser vizinho de verdade. Talvez eu possa pegar uma xícara de açúcar emprestada, você possa pegar um tablete de manteiga, esse tipo de coisa. Se nenhum de nós vencer, fica empatado. As coisas continuam do jeito que estão.

Até seu restaurante fechar as portas e vocês duas saírem da cidade, pensou ele.

— Deixa eu ver se entendi direito. Você está apostando que pode me vencer hoje? Vou ser sincera, sr. Carey. Seu corpo me diz que você é o típico macho branco americano, indulgente e sedentário. Se você forçar, vai ter câimbras nas pernas, distender a coluna ou ter um ataque cardíaco. Você não vai me vencer hoje. *Ninguém* vai me vencer hoje. Agora, vá embora e me deixe terminar de me preparar.

— Tudo bem — disse Scott. — Entendi. Você está com medo de aceitar a aposta. Suspeitei que seria assim.

Ela estava levantando a outra perna agora, mas parou e a soltou.

— Ai, meu Jesus de bicicleta. *Tudo bem. Apostado.* Agora me deixe em paz.

Sorrindo, Scott esticou a mão.

— Temos que apertar as mãos. Assim, se você der para trás, posso te chamar de trapaceira, e você vai ter que engolir.

Ela riu com deboche, mas apertou a mão dele rapidamente. E, por um momento, só um breve momento, ele viu uma sombra de um sorriso de verdade. Só um pequeno sinal, mas achou que o sorriso seria lindo se ela o abrisse de verdade.

— Ótimo — disse ele, e acrescentou: — Boa conversa.

E então começou a se afastar, voltando para o grupo dos trezentos.

— Sr. Carey.

Ele se virou.

— Por que isso é tão importante para você? É porque eu… porque *nós* somos uma ameaça à sua masculinidade?

Não, é porque eu vou morrer no ano que vem, pensou ele. *E gostaria de consertar pelo menos uma coisa antes disso. Não vai ser meu casamento, isso já era, e não vão ser os sites da loja de departamentos, porque os caras não entendem que suas lojas são como fábricas movidas à base do chicote do começo da era do automóvel.*

Mas essas coisas ele não diria. Ela não entenderia. Como poderia, se ele mesmo não entendia?

— Só porque sim.

Ele a deixou com isso.

A CORRIDA DO PERU

Às nove e dez, com só um pouquinho de atraso, o prefeito Dusty Coughlin parou na frente dos mais de oitocentos corredores que se espalhavam por quase quatrocentos metros. Ele estava com uma pistola em uma das mãos e um megafone a pilha na outra. As pessoas com número baixo, inclusive Deirdre McComb, estavam na frente. Nas fileiras do grupo dos trezentos, Scott viu-se cercado de homens e mulheres balançando os braços, respirando fundo e mastigando o restante de suas barrinhas energéticas. Muitas daquelas pessoas ele conhecia. A mulher à sua esquerda, ajeitando uma faixa de cabelo verde, era dona da loja de móveis da cidade.

— Boa sorte, Milly — disse ele.

Ela sorriu e ergueu o polegar.

— Para você também.

Coughlin levantou o megafone.

— BEM-VINDOS À QUADRAGÉSIMA QUINTA CORRIDA ANUAL DO PERU! ESTÃO PRONTOS, PESSOAL?

Os corredores gritaram, concordando. Um dos integrantes da banda do ensino médio soltou um floreio no trompete.

— MUITO BEM! EM POSIÇÃO... PREPARAR...

O prefeito, exibindo seu grande sorriso de político, ergueu a pistola e puxou o gatilho. O estrondo pareceu ecoar nas nuvens baixas.

— JÁ!

Os que estavam na frente se moveram tranquilamente. Deirdre era fácil de enxergar com a camiseta vermelha. O resto dos corredores ficou amontoado e sua largada não foi tão tranquila. Algumas pessoas caíram e tiveram que ser levantadas. Milly Jacobs foi empurrada para cima de dois jovens que usavam bermudas de ciclista e bonés virados ao contrário. Scott segurou o braço dela e a firmou.

— Obrigada — disse ela. — É minha quarta vez. É sempre assim no começo. Como quando abrem as portas em um show de rock.

Os caras de bermuda de ciclista viram uma abertura, passaram por Mike Badalamente e por um trio de mulheres conversando e rindo e sumiram, correndo juntos.

Scott se aproximou de Mike e acenou. Mike acenou em resposta, bateu no lado esquerdo do peito e fez o sinal da cruz.

Todo mundo acha que vou ter um ataque cardíaco, pensou Scott. *A providência maluca que decidiu que seria interessante que eu perdesse peso podia pelo menos ter aliviado um pouco no corpo, mas que nada.*

Milly Jacobs, de quem Nora já havia comprado um conjunto de sala de jantar, sorriu de lado para ele.

— É divertido na primeira meia hora. Depois, fica um horror. No oitavo quilômetro, fica um inferno. Se você conseguir passar dessa parte, dá para arranjar um pouco de fôlego novo. Às vezes.

— Às vezes, é?

— Isso mesmo. Estou torcendo por isso este ano. Quero chegar até o final. Só consegui uma vez. Foi bom te ver, Scott. — Com isso, ela acelerou e passou na frente dele.

Quando ele passou pela própria casa na rua View, o grupo tinha começado a se espalhar mais e já havia espaço o suficiente para correr. Ele se moveu com regularidade e facilidade em um ritmo acelerado. Sabia que esse primeiro quilômetro não era um teste justo de sua energia porque era só colina abaixo, mas até o momento Milly estava certa: era divertido. Ele estava respirando com facilidade e se sentindo bem. Isso bastava por enquanto.

Scott passou por alguns corredores, mas só uns poucos. Mais passaram por ele, alguns do grupo dos quinhentos, outros dos seiscentos, e um demônio da velocidade com o número 721 grudado na camisa. Esse sujeito engraçado tinha um cata-vento no chapéu. Scott não estava com pressa, pelo menos ainda não. Conseguia ver Deirdre em cada reta, talvez uns quatrocentos metros à frente. A camiseta vermelha e o short azul não tinham como passar despercebidos. Ela estava indo com tranquilidade. Havia pelo menos dez corredores à frente dela, talvez vinte, e isso não surpreendeu Scott. Aquela não era a primeira vez dela e, diferentemente da maioria dos amadores, ela teria uma estratégia cuidadosamente elaborada. Scott achava que ela permitiria que outros ditassem o ritmo até o oitavo ou nono quilômetro, depois começaria a passar à frente deles um a um e só tomaria a liderança na colina Hunter. Talvez esperasse até chegar ao centro para dar o sprint final, mas ele achava que não. Ela ia querer vencer com folga.

Ele sentiu a leveza nos pés, a força nas pernas, e resistiu à vontade de acelerar. *É só manter a camiseta vermelha à vista*, ele disse para si mesmo. *Ela sabe o que está fazendo, deixe que ela o guie.*

No cruzamento da rua View e da rodovia 117, Scott passou por um marcador laranja: 3 Km. À frente dele estavam os caras de bermuda de ciclista, um ao lado do outro. Eles passaram por dois adolescentes e Scott fez o mesmo. Os adolescentes pareciam em boa forma, mas já estavam respirando com dificuldade. Quando ele os deixou para trás, ouviu um deles ofegar:

— A gente vai deixar um cara velho e gordo passar na nossa frente?

Os adolescentes aceleraram, cada um passando por Scott de um lado, os dois respirando com dificuldade.

— Até mais, não queria estar no seu lugar! — ofegou um deles.

— Podem ir na péssima companhia um do outro — disse Scott, sorrindo.

Ele correu com facilidade, percorrendo a rua com passadas largas. A respiração ainda estava bem, os batimentos também, e por que não? Ele estava quarenta e cinco quilos mais leve do que parecia, e isso era só metade do que tinha a seu favor. A outra metade eram os músculos de um homem com cento e dez quilos.

A rodovia 117 fez uma curva dupla e passou ao lado do riacho Bowie, que balbuciava e gorgolejava em seu leito raso e pedregoso. Scott achou que aquele som estava mais lindo do que nunca, que o ar enevoado que puxava para os pulmões estava mais gostoso do que nunca, que os grandes pinheiros dos dois lados da estrada estavam mais lindos do que nunca. Sentia o cheiro deles, ácido e intenso e, de alguma forma, verde. Cada respiração parecia mais funda do que a anterior, e ele ficava tendo que se segurar.

Estou tão feliz de estar vivo neste dia, pensou.

Do lado de fora da ponte coberta que atravessava o riacho, ele viu um marcador laranja anunciando 6 Km. Depois, havia uma placa que dizia METADE DO CAMINHO! Acima, andorinhas incomodadas voavam de um lado para outro debaixo do teto. Uma voou na cara dele, as asas batendo na testa, e ele riu alto.

Do outro lado, um dos caras de bermuda de ciclista estava sentado no guardrail, tentando respirar e massageando uma câimbra na panturrilha. Ele não olhou quando Scott e os outros corredores passaram. Na junção da rodovia 117 com a 119, vários corredores se amontoavam em volta de uma mesa de bebidas, tomando água, Gatorade e suco de cranberry em copos de papel antes de seguirem em frente. Outros oito ou nove, que tinham se exaurido nos primeiros seis quilômetros, estavam deitados na grama. Scott ficou feliz de ver que Trevor Yount, o cara de pescoço grosso do serviço público com quem teve o confronto na Lanchonete da Patsy, estava entre eles.

Ele passou pela placa que dizia LIMITE MUNICIPAL DE CASTLE ROCK, onde a rodovia 119 se tornava a estrada Bannerman, batizada em homenagem ao xerife que permaneceu mais tempo no cargo, um sujeito infeliz que teve um péssimo fim em uma das estradas menores da cidade. Era hora de acelerar o passo. Quando Scott passou pelo marcador laranja de 8 Km, ele mudou da primeira marcha para a segunda. Sem problema. O ar estava fresco e delicioso na pele aquecida pelo sangue quente, era como seda passando por ela, e ele gostou da sensação do próprio coração, aquele motorzinho firme no peito. Havia casas dos dois lados da rua agora, com pessoas paradas nos gramados segurando cartazes e tirando fotos.

Ali estava Milly Jacobs, ainda correndo, mas começando a desacelerar, a faixa de cabelo agora em um tom de verde-escuro por causa do suor.

— Como está aí, Milly? Arranjou algum fôlego novo?

Ela se virou para olhar para ele, francamente incrédula.

— Meu Deus, eu não acredito... que é você — ofegou ela. — Achei que tinha te deixado... comendo poeira.

— Consegui um pouco de energia extra — disse Scott. — Não desista agora, Milly, essa é a parte boa. — Ela ficou para trás.

A estrada subia em uma série de colinas baixas, mas sempre inclinadas, e Scott começou a passar por mais corredores, tanto por aqueles que iam desistindo quanto pelos que ainda estavam tentando arduamente. Dois que pertenciam a essa segunda categoria eram os adolescentes que ficaram ofendidos por terem sido ultrapassados, mesmo que por alguns momentos, por um gordo de meia-idade usando tênis vagabundos e um short velho de tênis. Eles o olharam com expressões idênticas de surpresa. Sorrindo de forma agradável, Scott disse:

— Até mais, não queria estar no seu lugar!

Um deles mostrou o dedo do meio. Scott jogou um beijo e então exibiu as solas de seus tênis vagabundos.

Quando Scott começou o nono quilômetro, um trovão demorado soou no céu, de oeste para leste.

Isso não é bom, pensou ele. *Trovões em novembro podem não ser problema na Louisiana, mas são no Maine.*

Ele fez uma curva e foi para a esquerda para ficar ao lado de um coroa magrelo que corria com os punhos fechados e a cabeça jogada para trás. A camiseta colada exibia braços branquelos decorados com tatuagens velhas. No rosto dele havia um sorriso abobalhado.

— Ouviu esse trovão?

— Ouvi!

— Vai chover pra caralho! Um dia e tanto, né?

— É mesmo — disse Scott, rindo. — Do melhor tipo! — Ele seguiu em frente, mas não antes que o coroa magrelo conseguisse dar um tapa na bunda dele.

A estrada era reta agora, e Scott viu a camiseta vermelha e o short azul na metade da subida da colina Hunter, também conhecida como Desgosto do Corredor. Ele só via uma meia dúzia de corredores à frente de McComb. Talvez houvesse uns dois depois da crista da colina, mas Scott duvidava.

Era hora de mudar para uma marcha acelerada.

Foi o que ele fez, e agora estava entre os corredores sérios, os galgos. Mas muitos deles estavam começando a ir mais devagar ou guardando a energia para a inclinação mais íngreme. Ele recebeu olhares de descrença, sendo o homem de meia-idade com a barriga se projetando sob a camiseta suada que primeiro os alcançou e agora os estava deixando para trás.

Na metade da subida da colina Hunter, o fôlego de Scott começou a piorar e o ar que entrava e saía passou a ter um gosto quente e acobreado. Seus pés não pareciam mais tão leves e as panturrilhas estavam queimando. Havia uma dor estranha no lado esquerdo da virilha, como se ele tivesse distendido alguma coisa lá. A segunda metade da colina parecia infinita. Ele pensou no que Milly dissera: primeiro, diversão; depois, o horror; e por fim o inferno. Ele estava na parte do horror ou no inferno agora? No limite entre os dois, decidiu.

Nunca tinha achado que poderia vencer Deirdre McComb (embora não tivesse descartado a possibilidade), mas *tinha* suposto que terminaria a corrida entre os primeiros; que os músculos feitos para carregar seu corpo anterior, mais pesado, seriam suficientes para levá-lo ao fim. Agora, ao passar por dois corredores que tinham desistido, um com a cabeça baixa, o outro deitado de costas ofegante, ele começou a duvidar disso.

Talvez eu ainda esteja pesando muito, pensou ele. *Ou talvez não tenha estrutura para isso.*

Houve outro som de trovão.

Como o topo da colina Hunter não parecia mais próximo, ele olhou para a estrada e ficou vendo as pedrinhas no asfalto passarem voando como galáxias em um filme de ficção científica. Virou o rosto para a frente a tempo de não se chocar com uma ruiva que estava parada com um pé de cada lado da linha amarela, apoiada nos joelhos, ofegante. Scott quase não conseguiu desviar e viu a crista da colina sessenta metros à frente. Viu também um dos marcadores laranja: 10 Km. Ele fixou o olhar naquilo e correu, agora não só ofegante, mas se *esforçando* para respirar e sentindo cada um de seus quarenta e dois anos. O joelho esquerdo começou a reclamar, pulsando em sincronia com a dor na virilha. O suor escorria pelas bochechas como água quente.

Você vai fazer isso. Você vai conseguir. Dê tudo de si.

E por que não? Por que não, porra? Se o Dia Zero tivesse que ser aquele e não em fevereiro ou março, que fosse.

Ele passou pelo marcador e chegou ao topo da colina. A loja Madeira do Purdy estava à direita e a Material de Construção do Purdy estava à esquerda. Só dois quilômetros faltando. Ele via o centro abaixo, uns vinte estabelecimentos comerciais dos dois lados, cheios de bandeirolas; a igreja católica e a metodista de frente uma para a outra, como pistoleiros sagrados; o estacionamento inclinado (com todas as vagas ocupadas); as calçadas lotadas; os dois sinais de trânsito da cidade. Depois do segundo ficava a ponte Tin, onde penduraram uma fita de chegada amarela decorada com perus. À sua frente agora ele só via seis ou sete corredores. A de camiseta vermelha era a segunda e estava se aproximando do líder. Deirdre estava agindo.

Eu nunca vou alcançá-la, pensou Scott. *Ela está muito na frente. Aquela maldita colina não acabou comigo, mas chegou bem perto.*

Mas seus pulmões pareceram se abrir de novo, cada respiração mais profunda do que a anterior. Seus tênis (não Adidas brancos ofuscantes, só Puma velhos) pareceram se livrar da camada de chumbo que tinham ganhado. Sua leveza corporal anterior voltou com tudo. Era o que Milly tinha chamado de fôlego novo, o que as profissionais como McComb sem dúvida chamavam de barato de corredor. Scott preferia essa segunda opção. Lembrou-se daquele dia no pátio, quando flexionou os joelhos, pulou e segurou o galho da árvore. Lembrou-se de quando subiu e desceu correndo os degraus do coreto. Lembrou-se de dançar na cozinha enquanto Stevie Wonder cantava "Superstition". Era a mesma coisa. Não um fôlego, nem mesmo um barato, exatamente, mas algo como um sentimento de ascensão. Um sentimento de que tinha se superado e podia ir mais longe ainda.

Quando estava descendo a colina Hunter, passando pela loja de carros O'Leary Ford de um lado e pelo mercado Zoney's Go-Mart do outro, ele ultrapassou um corredor e depois outro. Agora faltavam só quatro. Ele não sabia e nem ligava se estavam olhando quando ele passava. Toda a sua atenção estava grudada na camiseta vermelha e no short azul.

Deirdre assumiu a liderança. Ao fazer isso, outro trovão soou no céu, a pistola de partida de Deus, e Scott sentiu a primeira gota fria de chuva na nuca. E então outra no braço. Olhou para baixo e viu outras caindo na rua, escurecendo-a em gotas do tamanho de moedas de dez centavos. Agora havia espectadores dos dois lados da rua principal, embora ainda devesse faltar um quilômetro e meio para a linha de chegada e uns quinhentos metros para o começo da calçada do centro da cidade. Scott viu guarda-chuvas se abrindo como flores desabrochando. Eram lindos. Tudo estava lindo: o céu escuro, as pedrinhas na rua, o laranja do marcador anunciando o último quilômetro da Corrida do Peru. O mundo se mantinha firme.

À frente dele, um corredor saiu abruptamente da rua, ficou de joelhos e se deitou de costas, olhando para a chuva com a boca repuxada em uma expressão de agonia. Só havia dois corredores entre ele e Deirdre.

Scott passou pelo último marcador laranja. Só faltava um quilômetro agora. Ele tinha passado da primeira marcha para a segunda. Agora que as calçadas começavam, com pessoas gritando dos dois lados da rua, algumas balançando bandeiras da Corrida do Peru, era hora de ver se ele tinha não apenas uma terceira marcha, mas uma sobremarcha.

Anda, filho da puta, pensou ele, e acelerou o passo.

A chuva pareceu hesitar por um momento, tempo suficiente para Scott pensar que ela esperaria até a corrida acabar, mas logo veio em uma torrente intensa, levando os espectadores para debaixo de toldos e portais. A visibilidade caiu para vinte por cento, então para dez e por fim para quase zero. Scott achou que a chuva era mais do que deliciosa; era quase divina.

Ele passou por um corredor, depois por outro. O segundo era o antigo líder, o que Deirdre havia ultrapassado. Ele tinha diminuído o ritmo e passado a caminhar, pisando nas poças da rua molhada com a cabeça baixa, as mãos nos quadris e a camiseta encharcada grudada no corpo.

Através de uma cortina cinzenta de chuva, Scott viu a camiseta vermelha logo à frente. Ele achava que tinha gasolina suficiente no tanque para passar por ela, mas a corrida talvez acabasse antes disso. O sinal de trânsito no final da rua principal tinha desaparecido. A ponte Tin também, com a fita amarela que a atravessava. Eram só ele e McComb agora, os dois correndo cegos naquele dilúvio, e Scott nunca tinha se sentido tão feliz na vida. Só que felicidade era pouco. Ali, enquanto explorava os limites extremos da resistência, havia todo um novo mundo.

Tudo leva a isso, pensou ele. *A essa ascensão. Se é assim que é morrer, todo mundo deveria ficar feliz de partir.*

Ele estava perto o suficiente para ver Deirdre McComb olhar para trás, o rabo de cavalo encharcado batendo no ombro com o movimento, como um peixe morto. Seus olhos se arregalaram quando viu quem estava tentando tirar sua liderança. Então ela se virou para a frente novamente, baixou a cabeça e encontrou mais velocidade.

Scott primeiro se equiparou a ela e logo a superou em velocidade. Foi se aproximando, se aproximando e estava agora perto o suficiente para tocar nas costas da camiseta ensopada, para ver claramente os filetes de chuva descendo pela sua nuca. Até para ouvi-la ofegando na chuva, mesmo com o rugido da tempestade. Ele conseguia vê-la, mas não via os prédios pelos quais estavam passando dos dois lados, nem o sinal de trânsito, nem a ponte. Havia perdido a noção de onde estava na rua principal e não tinha marco nenhum para ajudá-lo. Seu único marco era a camiseta vermelha.

Ela olhou para trás de novo e esse foi seu erro. Seu pé esquerdo prendeu no tornozelo direito e ela caiu, de braços esticados, mergulhando de cara na água e jogando uma onda para cada lado, como uma criança dando uma barrigada em uma piscina. Ele a ouviu grunhir quando o ar saiu dos pulmões.

Scott a alcançou, parou e se inclinou. Ela se apoiou em um braço para olhar para ele. O rosto era uma agonia de fúria e mágoa.

— Como você trapaceou? — perguntou ela, ofegante. — Maldito, como você tr...

Ele a segurou. Um relâmpago brilhou, um breve lampejo que o levou a fazer uma careta.

— Venha. — Ele passou o outro braço pela cintura dela e a levantou.

Ela arregalou os olhos. Houve outro relâmpago.

— Ah, meu Deus, o que você está fazendo? *O que está acontecendo comigo?*

Ele a ignorou. Os pés dela se moviam, mas não na rua, que agora estava com dois centímetros de água corrente; eles pedalaram no ar. Ele sabia o que estava acontecendo com ela e tinha certeza de que era algo incrível, mas não estava acontecendo com ele. Ela ficou leve para si mesma, talvez mais do que leve, mas pesada para ele, um corpo magro todo composto de músculos e tendões. Ele a soltou. Ainda não conseguia ver a ponte Tin, mas via uma mancha amarela que devia ser a fita.

— *Vai!* — gritou ele, apontando para a linha de chegada. — *Corre!*

Ela foi e ele correu atrás. Quando ela rompeu a fita, outro relâmpago brilhou no céu. Ele foi atrás e levantou as mãos para a chuva, indo mais devagar quando chegou à ponte. Encontrou-a na metade, de quatro. Sentou-se ao lado dela, os dois ofegando no ar que parecia líquido.

Ela olhou para ele, com água escorrendo pelo rosto como se fossem lágrimas.

— O que aconteceu lá? Meu Deus, você passou o braço em volta de mim e pareceu que eu não pesava nada!

Scott pensou nas moedas que tinha colocado no bolso do casaco no dia em que foi ver o dr. Bob pela primeira vez. Pensou em quando subiu na balança do banheiro segurando dois pesos de dez quilos cada.

— Mas pesava — disse ele.

— DeeDee! *DeeDee!*

Era Missy, correndo na direção deles. Ela esticou os braços. Deirdre ficou de pé e abraçou a esposa. Elas cambalearam e quase caíram. Scott esticou os braços para segurá-las, mas não chegou a tocar nelas. Um relâmpago brilhou.

Nesse momento, a multidão os encontrou e eles foram cercados pelo povo de Castle Rock, aplaudindo na chuva.

DEPOIS DA CORRIDA

Naquela noite, Scott estava deitado em uma banheira cheia de água quente, o mais quente que conseguia aguentar, tentando aliviar a dor nos músculos. Quando o telefone começou a tocar, ele o procurou embaixo das roupas limpas dobradas na cadeira ao lado da banheira. *Estou preso a essa porcaria*, pensou ele.

— Alô.

— Deirdre McComb, sr. Carey. Que noite devo reservar para o nosso jantar? Segunda que vem seria bom, porque o restaurante fica fechado às segundas.

Scott sorriu.

— Acho que você não entendeu a aposta direito, srta. McComb. Você ganhou e agora seus cachorros podem andar livremente pelo meu gramado para sempre.

— Nós dois sabemos que isso não é bem verdade — disse ela. — A verdade é que você me entregou a corrida.

— Você merecia ganhar.

Ela riu. Foi a primeira vez que ele ouviu a risada dela. Era encantadora.

— Meu treinador de corrida do ensino médio arrancaria os cabelos se ouvisse algo assim. Ele dizia que o que você merece não tem nada a ver com a posição em que você termina. Mas eu aceito a vitória, se você nos convidar para jantar.

— Então vou caprichar na minha comida vegetariana. Segunda que vem funciona para mim, mas só se você trouxer sua esposa. Às sete está bom?

— Está ótimo, e ela não perderia esse jantar por nada. Além disso... — Ela hesitou. — Quero pedir desculpas pelo que falei. Sei que você não trapaceou.

— Não precisa pedir desculpas — disse Scott, e falou com sinceridade. Porque, de certa forma, ele trapaceara, por mais que tivesse sido involuntário.

— Se não por isso, preciso pedir desculpas pela forma como te tratei. Eu poderia alegar circunstâncias atenuantes, mas Missy me diz que não tem nenhuma, e ela talvez esteja certa. Tenho certas... atitudes... e mudá-las não tem sido fácil.

Ele não conseguia pensar em uma resposta para isso, então mudou de assunto.

— Alguma de vocês não consome glúten? Ou é intolerante a lactose? Me avisem para que eu não faça nada que você ou Missy, a srta. Donaldson, não comam.

Ela riu de novo.

— Nós não comemos carne nem peixe, só isso. Todo o resto vale.

— Até ovos?

— Até ovos, sr. Carey.

— Scott. Pode me chamar de Scott.

— Pode deixar. E eu sou a Deirdre. Ou DeeDee, para evitar confusão com Dee, o cachorro. — Ela hesitou. — Quando formos jantar, você pode explicar o que aconteceu quando você me levantou? Já tive algumas sensações estranhas correndo, percepções estranhas, todos os corredores falam sobre essas coisas...

— Eu também tive — disse Scott. — Depois da colina Hunter, tudo ficou muito... estranho.

— Mas nunca senti nada como aquilo. Por alguns segundos, pareceu que eu estava em uma estação espacial, sei lá.

— Sim. Eu posso explicar. Mas queria convidar o meu amigo, o dr. Ellis, que já sabe. E a esposa dele, se ela estiver disponível. — *Se ela aceitar vir*, era o que Scott não queria dizer.

— Tudo bem. Até segunda, então. Ah, e não deixe de dar uma olhada no *Press-Herald*. A matéria só vai sair no jornal de amanhã, claro, mas já está disponível on-line.

Claro que está, pensou Scott. *No século XXI, os jornais impressos também são coisas do passado.*

— Pode deixar.

— Você achou que foram relâmpagos? No final?

— Achei — disse Scott. O que mais poderia ter sido?

Relâmpagos acompanhavam trovões assim como creme de amendoim acompanhava geleia.
—Eu também — disse DeeDee McComb.

Ele se vestiu e ligou o computador. O artigo estava na página do *Press-Herald* e ele tinha certeza de que sairia na primeira página do jornal de sábado, talvez na parte de cima, logo acima de alguma crise do novo mundo. A manchete dizia: DONA DE RESTAURANTE LOCAL VENCE A CORRIDA DO PERU DE CASTLE ROCK. De acordo com o jornal, era a primeira vez, desde 1989, que um residente da cidade vencia a corrida. Só havia duas fotografias na edição on-line, mas Scott achava que haveria mais na versão impressa de sábado. Não foi um relâmpago, afinal de contas; foi o fotógrafo do jornal, e ele conseguiu umas fotos ótimas, apesar da chuva.

A primeira mostrava Deirdre e Scott juntos, o sinal da ponte Tin uma mera mancha vermelha no fundo, o que queria dizer que ela devia ter caído a menos de setenta metros da linha de chegada. Ele estava com o braço em volta da cintura dela. O cabelo que tinha se soltado do rabo de cavalo estava grudado em suas bochechas. Ela estava olhando para ele com surpresa exausta. Ele estava olhando para ela... sorrindo.

ELA CONSEGUIU COM A AJUDINHA DE UM AMIGO, dizia a legenda e, abaixo disso: *Scott Carey, outro residente de Castle Rock, ajuda Deirdre McComb a se levantar depois de ela cair na rua molhada pouco antes da linha de chegada.*

A segunda foto tinha a legenda ABRAÇO DA VITÓRIA e identificava as três pessoas na foto: Deirdre McComb, Melissa Donaldson e Scott Carey. Deirdre e Missy estavam abraçadas. Scott não tinha tocado nelas, apenas erguido os braços em volta das duas em um gesto instintivo para segurá-las caso caíssem, mas na foto parecia que ele estava participando do abraço.

O corpo da matéria falava sobre o restaurante que Deirdre McComb tinha com "a companheira" e citava uma crítica que tinha saído no jornal em agosto e que chamava a comida de "culinária vegetariana com um toque Tex-Mex; vale a pena experimentar".

Bill D. Cat tinha assumido sua posição de sempre quando Scott foi para o computador, empoleirado na mesa de canto observando seu humano de estimação com olhos verdes inescrutáveis.

— Vou te dizer uma coisa, Bill — disse Scott. — Se isso não atrair clientes, nada mais vai.

Ele entrou no banheiro e subiu na balança. O resultado não o surpreendeu em nada. Sessenta e dois quilos. Podia até ser pelo esforço do dia, mas ele achava que não. Achava que, ao forçar seu metabolismo a uma marcha mais alta (e a uma supermarcha, no final), ele tinha acelerado o processo ainda mais.

Estava começando a parecer que o Dia Zero talvez chegasse semanas antes do que ele tinha previsto.

Myra Ellis acabou indo ao jantar com o marido. Ela estava tímida no começo, quase nervosa, assim como Missy Donaldson, mas uma taça de Pinot (que Scott serviu com queijo, crackers e azeitonas) fez com que as duas relaxassem. Em seguida, um milagre: elas descobriram que ambas gostavam de micologia e passaram boa parte da refeição conversando sobre cogumelos comestíveis.

— Você sabe tanta coisa sobre isso! — exclamou Myra. — Posso perguntar se frequentou uma escola de gastronomia?

— Frequentei. Depois que conheci DeeDee, mas bem antes de nos casarmos. Eu estudei no ICE. É...

— O Instituto de Educação Culinária de Nova York! — completou Myra. Algumas migalhas caíram em sua blusa de seda com babados. Ela nem reparou. — É famoso! Meu Deus, estou com tanta *inveja*!

Deirdre estava olhando para elas e sorrindo. O dr. Bob também. Isso era bom.

Scott tinha passado a manhã no supermercado Hannaford com seu exemplar de *The Joy of Cooking* aberto no assento de criança do carrinho de compras. A pesquisa compensou, como costumava acontecer. Ele serviu lasanha vegetariana Florentine e torrada com alho. Ficou satisfeito (mas não surpreso) de ver Deirdre comer não um, nem dois, mas três pedaços grandes. Ela ainda estava no modo pós-corrida, enchendo-se de carboidratos.

— A sobremesa é só um bolo básico comprado pronto — disse ele —, mas o chantilly de chocolate fui eu mesmo que fiz.

— Não como isso desde que era criança — comentou o dr. Bob. — Minha mãe fazia em ocasiões especiais. Nós chamávamos de chococreme. Manda ver, Scott.

— E mais Chianti — disse Scott.

Deirdre aplaudiu. Ela estava corada, os olhos cintilando, uma mulher com todas as partes do corpo funcionando em sua melhor forma.

— Manda ver nisso também!

Foi uma boa refeição, a primeira a que ele se dedicou de verdade depois que Nora pulou fora. Enquanto os via comer e os ouvia conversar, percebeu como a casa tinha estado vazia só com ele e Bill vagando por ela.

Os cinco arrasaram o bolo. Quando Scott começou a recolher os pratos, Myra e Missy se levantaram.

— Deixa que a gente cuida disso — disse Myra. — Você cozinhou.

— De jeito nenhum — disse Scott. — Vou só deixar tudo na bancada e colocar na máquina mais tarde.

Ele levou os pratos de sobremesa para a cozinha e os empilhou na bancada. Quando se virou, Deirdre estava parada lá, sorrindo.

— Se algum dia você quiser um emprego, Missy está procurando um *sous chef*.

— Não acho que eu consiga acompanhá-la, mas vou me lembrar disso. Como foi a movimentação do fim de semana? Deve estar boa, se Missy está procurando ajuda.

— Lotou. Todas as mesas. Pessoas de fora, mas também pessoas de Castle Rock que nunca vi, pelo menos não no nosso restaurante. E as reservas se esgotaram para os próximos nove ou dez dias. É como se estivéssemos inaugurando de novo, quando as pessoas ficam ansiosas para conhecer o local. Se o que você oferece não é gostoso ou nem mais ou menos, a maioria não volta. Mas o que Missy faz é bem mais do que mais ou menos. As pessoas *vão* voltar.

— Vencer a corrida fez a diferença, é?

— Foram as *fotos* que fizeram a diferença. E, sem você, as fotos teriam sido só de uma sapatão ganhando uma corrida, nada de mais.

— Você é muito dura consigo mesma.

Ela balançou a cabeça, sorrindo.

— Acho que não. Se prepare, grandão, quero um abraço.

Ela deu um passo à frente. Scott deu outro para trás, as mãos esticadas, as palmas abertas. A expressão dela se fechou.

— Não é você — disse ele. — Pode acreditar, não tem nada que eu adoraria mais do que te abraçar. Nós dois merecemos. Mas pode não ser seguro.

Missy estava parada na porta da cozinha com taças de vinho entre os dedos, seguradas pela haste.

— O que foi, Scott? Tem alguma coisa errada com você?

Ele deu um sorrisinho.

— Pode-se dizer que sim.

O dr. Bob se juntou às mulheres.

— Você vai contar para elas?

— Vou. Lá na sala.

Ele contou tudo. O alívio foi enorme. Myra pareceu apenas intrigada, como se não tivesse entendido direito, mas Missy não conseguia acreditar.

— Não é possível. O corpo da pessoa muda quando ela perde peso, isso é um fato.

Scott hesitou e foi até onde ela estava sentada, ao lado de Deirdre, no sofá.

— Me dá sua mão. Só um segundo.

Ela estendeu a mão sem hesitar. Confiança total. *Isso não pode fazer mal*, ele disse para si mesmo, e esperava que fosse verdade. Ele tinha levantado Deirdre quando ela caiu, afinal, e ela estava bem.

Ele segurou a mão de Missy e a puxou. Ela flutuou do sofá, o cabelo esvoaçando para trás e os olhos arregalados. Ele a segurou para que ela não se chocasse nele, a ergueu, e depois a colocou no chão e deu um passo para trás. Os joelhos dela se flexionaram quando as mãos dele a soltaram e o peso dela voltou ao corpo. Missy o encarou, impressionada.

— Você... eu... *Jesus*!

— Como foi? — perguntou o dr. Bob. Ele estava sentado inclinado para a frente na cadeira, seus olhos brilhavam. — Conta!

— Foi... bem... acho que não consigo explicar.

— Tenta — insistiu ele.

— Foi um pouco como estar em uma montanha-russa no momento em que ela chega ao alto da primeira subida e começa a descer. Meu estômago subiu... — Ela deu uma risada trêmula, ainda olhando para Scott. — *Tudo* subiu!

— Eu tentei com o Bill — disse Scott, apontando para o gato, esticado na frente da lareira de tijolos. — Ele surtou. Arranhou meus braços na pressa de pular, e Bill não é de arranhar.

— Tudo que você segura perde o peso? — perguntou Deirdre. — É isso mesmo?

Scott pensou a respeito. Já tinha pensado muitas vezes, e em algumas ocasiões parecia que o que estava acontecendo não era um fenômeno, mas algo como um germe ou um vírus.

— Coisas vivas ficam sem peso. Para *elas*, pelo menos, mas...

— Pesam para você.

— Sim.

— Mas outras coisas? Objetos inanimados?

— Quando eu os pego... ou visto... não. Peso nenhum. — Ele deu de ombros.

— Como é possível? — perguntou Myra. — Como isso pode acontecer? — Ela olhou para o marido. — Você sabe?

Ele balançou a cabeça.

— Como começou? — perguntou Deirdre. — O que provocou isso?

— Não faço ideia. Eu nem sei *quando* começou porque eu não tinha o hábito de me pesar antes de o processo já estar em andamento.

— Na cozinha você disse que não era seguro.

— Eu disse que podia não ser. Não sei com certeza, mas esse tipo de falta de peso repentina pode fazer mal ao seu coração... à sua pressão arterial... ao funcionamento do seu cérebro... quem sabe?

— Os astronautas não têm peso — argumentou Missy. — Ou quase não têm. Acho que os que estão circulando o planeta devem ainda sofrer ao menos um pouco de atração da gravidade. E os que andaram na Lua também.

— Não é só isso, é? — disse Deirdre. — Você está com medo de ser contagioso.

Scott assentiu.

— Sim, isso passou pela minha cabeça.

Houve um momento de silêncio enquanto todos tentavam digerir o indigerível. Então Missy observou:

— Você precisa ir a uma clínica! Tem que ser examinado! Deixar médicos que... que saibam sobre esse tipo de coisa...

Ela parou de falar, percebendo o óbvio: não havia médicos que soubessem sobre aquele tipo de coisa.

— Eles podem conseguir encontrar uma forma de reverter — ela acabou dizendo. E se voltou para Ellis. — Você é médico. Fala para ele!

— Eu já falei — disse o dr. Bob. — Muitas vezes. Mas Scott se recusa. Primeiro, achei que esse era o problema dele, um problema de *cabeça*, mas mudei de ideia. Duvido muito que seja uma coisa que possa ser investigada cientificamente. Pode parar sozinha... até se reverter... mas acho que nem os melhores médicos do mundo conseguiriam entender e menos ainda fazer alguma coisa, positiva ou negativa.

— E não tenho o menor desejo de passar o resto do meu programa de perda de peso em um quarto de hospital ou em uma instituição do governo, sendo examinado — disse Scott.

— Nem como curiosidade pública, suponho — disse Deirdre. — Entendo isso. Perfeitamente.

Scott assentiu.

— Então vocês entendem que preciso que prometam que o que foi dito nesta sala vai ficar nesta sala.

— Mas o que vai acontecer com você? — questionou Missy. — O que vai acontecer com você quando você não tiver mais peso?

— Não sei.

— Como você vai *viver*? Você não pode apenas... apenas... — Ela olhou ao redor com desespero, como se esperando que alguém concluísse o pensamento. Ninguém fez isso. — Você não pode apenas flutuar pelo *teto*!

Scott, que já tinha pensado em uma vida assim, só deu de ombros de novo.

Myra Ellis se inclinou para a frente, as mãos tão apertadas que os nós dos dedos estavam brancos.

— Você está com muito medo? Imagino que esteja.

— Essa é a questão — disse Scott. — Não estou. Estava, no comecinho, mas agora... não sei... parece que está tudo bem.

Havia lágrimas nos olhos de Deirdre, mas ela sorriu.

— Acho que entendo isso também — disse ela.

— É — disse ele. — Acho que entende.

Ele achava que, se alguém fosse ter dificuldade em guardar o segredo, seria Myra Ellis, com tantos grupos de igreja e comitês. Mas ela o *guardou*, sim. Todos guardaram o segredo. Eles se tornaram uma espécie de grupo secreto que se reunia uma vez por semana no Holy Frijole, onde Deirdre sempre deixava uma mesa reservada com uma plaquinha que dizia *Grupo do dr. Ellis*. O lugar vivia cheio, ou quase, e Deirdre disse que, se a movimentação não diminuísse, depois do Ano-Novo elas teriam que abrir mais cedo e atender duas levas de clientes por mesa. Missy contratou um *sous chef* para ajudar na cozinha e, por conselho de Scott, escolheu uma pessoa da região: a filha mais velha de Milly Jacobs.

— Ela é um pouquinho lenta — disse Missy —, mas está disposta a aprender, e quando os veranistas voltarem ela vai estar ótima. Você vai ver.

Ela corou e olhou para as mãos ao perceber que Scott poderia não estar mais por lá quando os veranistas voltassem.

No dia 10 de dezembro, Deirdre McComb acendeu a grande árvore de Natal na praça de Castle Rock. Quase mil pessoas compareceram à cerimônia noturna, que incluiu o coral do ensino médio cantando cantigas natalinas. O prefeito Coughlin, vestido de Papai Noel, chegou de helicóptero.

Houve aplausos quando Deirdre subiu no pódio e uma gritaria de aprovação quando ela proclamou o abeto de nove metros como "a melhor árvore de Natal da melhor cidade da Nova Inglaterra".

As luzes foram acesas, o anjo de néon no alto girou e se inclinou e a multidão cantou junto com os estudantes: *Christmas tree, oh, Christmas tree, how lovely are your branches*. Scott achou graça ao ver Trevor Yount cantando e aplaudindo com todo mundo.

Naquele dia, Scott Carey estava pesando cinquenta e dois quilos.

A INCRÍVEL LEVEZA DO SER

Havia limites ao que Scott tinha começado a pensar como sendo "o efeito da anulação do peso". Suas roupas não flutuavam do corpo. As cadeiras não levitavam quando ele sentava nelas, mas, se ele carregasse uma para o banheiro e subisse na balança com ela, o peso dela não era registrado. Se havia regras para o que estava acontecendo, ele não as entendia, e nem se importava. Sua perspectiva permaneceu otimista e ele conseguia dormir a noite inteira. Era com isso que se importava no momento.

Ele ligou para Mike Badalamente no Ano-Novo, transmitiu os desejos apropriados de fim de ano e disse que estava pensando em fazer uma viagem para a Califórnia em algumas semanas para visitar sua única tia viva. Se ele fizesse a viagem, Mike ficaria com seu gato?

— Bom, não sei — disse Mike. — Talvez. Ele faz as necessidades na caixa de areia?

— Faz.

— Por que eu?

— Porque eu acredito que toda livraria deveria ter um gato residente, e a sua não tem.

— Quanto tempo você planeja ficar fora?

— Não sei. Depende de como a tia Harriet estiver. — Não existia tia Harriet, claro, e ele teria que pedir ao dr. Bob ou Myra que levassem o gato para a livraria do Mike. Deirdre e Missy cheiravam a cachorro e Scott não podia mais nem fazer carinho em seu velho amigo; Bill fugia se ele chegasse muito perto.

— O que ele come?

— Friskies — disse Scott. — E vou mandar o bicho com uma boa quantidade de ração. Se eu decidir viajar, claro.

— Tudo bem, está combinado.

— Obrigado, Mike. Você é um amigo.

— Eu sou, mas não só por causa disso. Você fez um pequeno e valioso bem a esta cidade quando ajudou McComb a se levantar para ela terminar a corrida. O que estava acontecendo com ela e a esposa era horrível. Está melhor agora.

— Um *pouco* melhor.

— Bem melhor, na verdade.

— Bom, obrigado. E feliz Ano-Novo de novo.

— Pra você também, amigão. Qual é o nome do felino?

— Bill. Bill D. Cat, na verdade.

— Igual à tirinha *Bloom County*. Legal.

— Não deixe de dar colo a ele e fazer um carinho de vez em quando. Se eu decidir viajar, claro. Ele gosta.

Scott desligou, pensou sobre o significado de se desfazer de coisas, principalmente as coisas que também eram amigos valiosos, e fechou os olhos.

O dr. Bob ligou alguns dias depois e perguntou a Scott se a perda de peso dele estava constante entre meio e um quilo por dia. Scott disse que estava, sabendo que a mentira não seria um problema; ele estava com a mesma aparência de sempre, até com a barriga projetada por cima do cinto.

— Então... você acha que não vai ter mais nada no começo de março?

— Por aí.

Scott agora achava que o Dia Zero poderia acontecer antes de janeiro acabar, mas não tinha certeza, não conseguia nem dar um bom palpite, porque tinha parado de se pesar. Fazia não muito tempo, ele evitava a balança do banheiro porque a quantidade de quilos que ela exibia era excessiva; agora, ficava longe pelo motivo oposto. A ironia não passou despercebida.

Naquele momento, Bob e Myra Ellis não deviam saber como as coisas tinham se acelerado, nem Missy e Deirdre. Ele teria que contar em algum momento, porque, quando o fim chegasse, precisaria da ajuda de um deles. E sabia qual.

— Quanto você está pesando agora? — perguntou o dr. Bob.

— Quarenta e oito quilos — disse Scott.

— Puta merda!

Ele achava que Ellis diria bem mais do que "puta merda" se soubesse o que Scott sabia: estava mais para trinta e dois. Ele conseguia atravessar a sala grande de casa em quatro passos saltados, se segurar em uma das vigas do teto e se balançar nela como Tarzan. Não tinha chegado ao peso que teria na Lua, mas estava perto.

O dr. Bob ficou em silêncio por um momento e acabou dizendo:

— Você já pensou que a causa do que está acontecendo com você pode ser viva?

— Claro — disse Scott. — Talvez uma bactéria exótica que entrou por algum corte ou um vírus extremamente raro que eu inspirei.

— Já passou pela sua cabeça que possa ser senciente?

Foi a vez de Scott ficar em silêncio. Finalmente, ele falou:

— Sim.

— Você está lidando com isso extremamente bem, devo dizer.

— Até agora, tudo bem — disse Scott, mas três dias depois acabou descobrindo com quanto ele talvez tivesse que lidar antes de o fim chegar. Você acha que sabe, acha que pode se preparar… e então, você precisa tentar pegar a correspondência.

O oeste do Maine estava tendo um degelo em pleno janeiro, desde o Ano-Novo, com as temperaturas na casa dos dez graus. Dois dias depois da ligação do dr. Bob, chegou a quinze graus, e as crianças voltaram às aulas usando jaquetas leves. Mas, naquela noite, as temperaturas despencaram e uma neve úmida e granulosa começou a cair.

Scott nem percebeu. Ele passou a noite no computador, comprando coisas. Poderia ter comprado tudo nas lojas locais: a cadeira de rodas e o suporte peitoral na CVS em que tinha comprado os doces no Halloween, a rampa e as alças na loja Material de Construção do Purdy. Mas as pessoas tinham tendência a falar. E fazer perguntas. Ele não queria isso.

A neve parou por volta de meia-noite e o dia seguinte amanheceu claro e frio. A neve nova, com a superfície congelada, era quase brilhante demais para olhar. Era como se o gramado e a entrada da garagem tivessem sido borrifados com spray de plástico transparente. Scott vestiu o casaco e saiu para pegar a correspondência. Tinha adquirido o hábito de pular os degraus e aterrissar no caminho. Suas pernas, com músculos fortes demais para seu peso, pareciam desejar aquela explosão de energia.

Foi o que ele fez agora e, quando seus pés bateram na camada gelada, escorregaram debaixo dele. Ele caiu de bunda, começou a rir e parou quando começou a deslizar. Desceu a inclinação do gramado de costas, como um peso em uma pista de boliche, ganhando velocidade ao se aproximar da rua. Segurou-se em um arbusto, mas a planta estava coberta de gelo e sua mão deslizou. Scott rolou de barriga e abriu as pernas, achando que isso poderia diminuir a velocidade. Não adiantou. Ele só escorregou de lado.

A cobertura está grossa, mas não tanto, pensou ele. *Se eu pesasse tanto quanto pareço pesar, eu a romperia e pararia. Mas não peso. Vou parar na rua, e, se houver um carro se aproximando, é provável que não consiga parar a tempo. Não vou precisar mais me preocupar com o Dia Zero.*

Ele não chegou tão longe. Bateu no poste onde ficava a caixa de correspondência, com força suficiente para ficar sem ar. Quando se recuperou, tentou se levantar. Ele fez um split na cobertura escorregadia e caiu de novo. Apoiou os pés no poste e empurrou. Isso também não adiantou. Percorreu um metro, um metro e meio, seu impulso se esgotou e ele voltou até o poste. Em seguida, tentou se arrastar, mas os dedos só deslizavam na neve congelada. Ele tinha se esquecido das luvas e as mãos estavam ficando dormentes.

Preciso de ajuda, pensou ele, e o nome que surgiu imediatamente em sua cabeça foi o de Deirdre. Esticou a mão até o bolso do casaco, mas tinha esquecido o celular. Estava na mesa do escritório. Ele achava que conseguiria se empurrar até a rua, chegar até a lateral e acenar para algum carro que estivesse passando. Alguém pararia para ajudá-lo, mas a pessoa faria perguntas a que Scott não queria responder. A entrada da garagem da casa dele estava pior ainda; parecia um rinque de patinação.

Aqui estou eu, pensou ele, *como uma tartaruga virada. Com mãos ficando dormentes e pés que vão ficar daqui a pouco.*

Ele esticou o pescoço para olhar as árvores desfolhadas, os galhos balançando de leve no céu azul sem nuvens. Olhou para a caixa de correspondência e viu o que poderia ser uma solução para seu problema tragicômico. Sentou-se com a virilha encostada no poste e pegou a bandeira de metal na lateral da caixa. Estava frouxa e dois puxões fortes bastaram para arrancá-la. Ele usou a ponta de metal para fazer dois buracos na superfície. Botou o joelho em um e o pé no outro. Levantou-se, segurando no poste com a mão livre para se equilibrar. Foi dessa forma que subiu o gramado até os degraus, inclinando-se para fazer buracos na neve, pisando e quebrando a neve de novo.

Uns dois carros passaram e um deles buzinou. Scott levantou a mão e acenou sem se virar. Quando chegou aos degraus, as mãos estavam completamente dormentes e uma estava sangrando em dois lugares. Suas costas doíam absurdamente. Ele esticou a mão para a porta, escorregou e quase não conseguiu segurar a grade de metal coberta de gelo que impediria que voltasse deslizando até a caixa de correspondência. Não tinha certeza se teria força suficiente para subir tudo de novo, mesmo com os buracos já feitos. Estava exausto, fedendo de suor dentro do casaco. Ele se deitou no saguão. Bill foi dar uma olhada nele — sem chegar perto *demais* — e miou para demonstrar preocupação.

— Estou bem — disse ele. — Não se preocupe, você vai continuar ganhando comida.

Sim, eu estou bem, pensou ele. Foi só uma brincadeira improvisada de trenó na neve. Mas é aqui que as coisas estranhas começam.

Ele achava que, se havia algum consolo, era que as coisas estranhas não durariam muito.

Mas preciso prender as alças e a rampa imediatamente. Não tenho muito tempo agora.

* * *

Em uma segunda-feira no meio do mês, os integrantes do "grupo do dr. Ellis" jantaram juntos pela última vez. Scott não os tinha visto por uma semana, pois precisou ficar em casa e terminar o projeto atual da loja de departamentos. Que tinha sido realmente feito, ao menos como rascunho inicial, antes do Natal. Ele achava que outra pessoa daria os toques finais.

Ele disse que teria que ser um jantar americano, cada um levando um prato de comida, porque cozinhar tinha se tornado algo difícil para ele. Na verdade, tudo tinha se tornado difícil. Subir a escada era fácil; três pulos grandes e sem muito esforço eram suficientes. Descer era mais difícil. Ele tinha medo de cair e quebrar a perna, então se segurava no corrimão e descia um degrau de cada vez, como um velho com gota e problema nos quadris. Ele também tinha desenvolvido uma tendência a se chocar com paredes, porque havia se tornado difícil avaliar os impulsos e mais difícil ainda controlá-los.

Myra perguntou sobre a rampa que agora cobria os degraus até a varanda. O dr. Bob e Missy estavam mais preocupados com a cadeira de rodas no canto da sala e o suporte peitoral, feito para pessoas com pouca ou nenhuma capacidade de ficar eretas, no encosto da cadeira. Deirdre não fez perguntas, só olhou para ele com uma expressão sábia e infeliz.

Eles comeram um delicioso ensopado vegetariano (Missy), batatas gratinadas com molho de queijo (Myra) e fecharam a refeição com um bolo pedaçudo, mas gostoso, só um pouquinho queimado no fundo (dr. Bob). O vinho estava bom, mas a conversa e as risadas foram ainda melhores.

Quando eles terminaram, Scott disse:

— Hora da confissão. Eu menti para vocês. As coisas estão indo bem mais rápido do que eu disse que estavam.

— Scott, não! — exclamou Missy.

O dr. Bob assentiu, sem parecer surpreso.

— Mais rápido quanto?

— Um quilo e meio por dia, não meio ou um.

— E quanto você está pesando agora?

— Não sei. Não tenho subido na balança. Vamos descobrir.

Scott tentou se levantar. Suas coxas bateram na mesa e ele voou para a frente, derrubando duas taças de vinho quando esticou as mãos para se apoiar. Deirdre pegou rapidamente a toalha e a dobrou por cima do líquido derramado.

— Desculpa, desculpa — disse Scott. — Não tenho mais noção de minha força atualmente.

Ele se virou com o cuidado de um homem calçando patins e foi para a parte dos fundos da casa. Por mais cuidadosamente que tentasse andar, seus passos se tornavam saltos. Seu peso restante o queria na terra; seus músculos insistiam em erguê-lo acima dela. Ele exagerou e teve que se segurar em uma das alças recém-instaladas para não cair de cabeça no corredor.

— Ah, Deus — disse Deirdre. — Deve ser como aprender a andar tudo de novo.

Você devia ter visto a última vez que tentei pegar a correspondência, pensou Scott. Aquilo foi uma experiência de aprendizado de verdade.

Pelo menos, nenhum deles estava insistindo na ideia de ir para uma clínica. Não que isso o surpreendesse. Uma única olhada em sua locomoção — ao mesmo tempo desconjuntada, ridícula e estranhamente graciosa — era suficiente para afastar a ideia de que uma clínica poderia ser uma coisa boa para ele. A questão agora era particular. Ele ficava feliz que eles entendessem isso.

Todos se reuniram no banheiro e o viram subir na balança Ozeri.

— Meu Deus — disse Missy, baixinho. — Ah, Scott.

A tela dizia 13,7 quilos.

Ele voltou para a sala de jantar com todos atrás. Tentou se mover com o cuidado de um homem pisando em pedras para atravessar um riacho; mesmo assim, chocou-se com a mesa de novo. Missy esticou a mão instintivamente para dar firmeza a Scott, mas ele fez sinal para que ela não o tocasse.

Quando eles se sentaram, Scott falou:

— Estou bem com tudo isso. Ótimo. De verdade.

Myra estava muito pálida.

— Como é possível?

— Não sei. Só estou. Mas este é nosso jantar de despedida. Não vou ver mais vocês. Só Deirdre. Preciso que alguém me ajude no final. Você pode fazer isso?

— Sim, claro. — Ela não hesitou, só passou o braço em volta da esposa, que tinha começado a chorar.

— Eu só quero dizer… — Scott parou e limpou a garganta. — Quero dizer que eu queria muito que tivéssemos mais tempo. Vocês foram bons amigos para mim.

— Não há elogio mais sincero do que esse — disse o dr. Bob. Ele estava secando os olhos com um guardanapo.

— Não é *justo*! — revoltou-se Missy. — Não é nem um pouco *justo*!

— Bom, não — concordou Scott —, não é. Mas não estou deixando filhos para trás, minha ex está feliz onde está e é mais justo do que câncer, mal de Alzheimer ou queimadura em ala de hospital. Acho que eu entraria para a história se alguém falasse sobre o assunto.

— Nós não vamos falar — prometeu o dr. Bob.

— Não — concordou Deirdre. — Não vamos. Me diz o que precisa que eu faça, Scott.

Ele podia e disse, mencionando tudo, menos o que estava guardado no saco de papel do armário do saguão. Eles ouviram em silêncio e ninguém discordou de nada.

Quando ele terminou, Myra perguntou timidamente:

— Como é a sensação, Scott? Como *você* se sente?

Scott pensou em como se sentiu correndo na descida da colina Hunter, quando ganhou fôlego novamente e o mundo se revelou através da glória normalmente escondida das coisas banais: o céu escuro e baixo, as bandeirolas balançando nos prédios do centro, as preciosas pedrinhas, guimbas de cigarro e latas de cerveja caídas na lateral da rua. Seu corpo pela primeira vez trabalhando em capacidade total, cada célula carregada de oxigênio.

— Ascendendo — disse ele, por fim.

Ele olhou para Deirdre McComb, viu os olhos brilhantes dela grudados em seu rosto e soube que ela havia entendido por que ele a tinha escolhido.

* * *

Myra fez Bill entrar na caixa. O dr. Bob o levou até o carro e o botou no banco de trás. Os quatro ficaram parados na varanda, a respiração formando plumas no ar frio da noite. Scott ficou na entrada, segurando-se em uma das alças.

— Posso dizer uma coisa antes de irmos? — perguntou Myra.

— Claro — disse Scott, mas desejou que ela não falasse nada. Queria que eles só fossem embora. Achava que tinha descoberto uma das grandes verdades da vida (sem a qual podia ter passado): a única coisa mais difícil do que se despedir de si mesmo, um quilo de cada vez, era se despedir dos amigos.

— Eu fui muito boba. Sinto muito pelo que está acontecendo com você, Scott, mas estou muito feliz pelo que aconteceu comigo. Se não fosse isso tudo, eu teria permanecido cega para algumas coisas muito boas e algumas pessoas muito boas. Eu teria continuado sendo uma velha tola. Não posso te abraçar, então isso vai ter que servir.

Ela abriu os braços, puxou Deirdre e Missy para perto e as abraçou. Elas retribuíram o abraço.

— Se você precisar de mim, venho correndo — disse o dr. Bob, e riu. — Bom, não, meus dias de corrida ficaram para trás, mas você entendeu.

— Entendi — disse Scott. — Obrigado.

— Adeus, amigão. Olhe por onde anda. E como anda.

Scott ficou olhando enquanto eles andavam até o carro do dr. Bob. Viu-os entrar. Acenou, tomando o cuidado de não soltar a alça. Então fechou a porta e meio caminhou, meio saltou até a cozinha, sentindo-se um personagem de desenho. O que era, no fundo, o motivo de parecer tão importante guardar segredo. Ele sabia que parecia absurdo e *era* absurdo... mas só para quem estava de fora.

Ele se sentou à bancada da cozinha e olhou para o canto vazio onde os potes de comida e água do Bill ficaram nos últimos sete anos. Ficou olhando por muito tempo. Depois, foi para a cama.

No dia seguinte, recebeu um e-mail de Missy Donaldson.

> Falei pra DeeDee que queria ir com ela e estar junto no fim. Tivemos uma discussão enorme por causa disso. Só cedi quando ela me lembrou do meu pé e de como me senti com isso quando era mais nova. Consigo correr agora, amo correr, mas nunca fui corredora profissional como DeeDee porque só sirvo pra distâncias curtas, mesmo depois de tantos anos. Eu nasci com *talipes equinovarus*, também conhecido como pé torto. Fiz cirurgia corretiva quando tinha sete anos, mas até essa idade eu só andava com uma bengala e levei anos depois disso para aprender a andar normalmente.
>
> Quando eu tinha quatro anos, e me lembro disso claramente, mostrei meu pé para minha amiga Felicity. Ela riu e disse que era um pé idiota, feio e nojento. Depois disso, não deixei mais nin-

guém olhar, só minha mãe e os médicos. Eu não queria que as pessoas rissem. DeeDee diz que é como você se sente em relação ao que está acontecendo com você. Ela disse: "Ele quer que você se lembre dele como ele era quando era normal, não quicando por aí pela casa parecendo um efeito especial ruim de um filme de ficção científica dos anos 1950".

Eu entendi, mas não quer dizer que gosto disso e nem que você mereça.

Scott, o que você fez no dia da corrida tornou possível nossa permanência em Castle Rock, não só porque temos um negócio aqui, mas porque agora podemos ser parte da comunidade. DeeDee acha que vai ser convidada para entrar na Câmara de Comércio. Ela ri e diz que é besteira, mas sei que por dentro ela não acha besteira. É um troféu, como o que ela ganhou nas corridas que venceu. Ah, nem todo mundo vai nos aceitar, não sou tão boba (ou ingênua) de acreditar nisso, algumas pessoas nunca vão mudar de ideia, mas algumas vão. Muitas já mudaram. Sem você, isso não teria acontecido, e, sem você, uma parte da mulher que eu amo teria ficado sempre fechada para o mundo. Ela não vai te dizer isso, mas eu digo: você tirou um peso das costas dela. Era um peso grande, e agora ela consegue andar ereta de novo. Ela sempre foi implicante, e não espero que isso mude, mas está aberta agora. Vê mais, ouve mais, pode ser mais.

Você tornou isso possível. Você a levantou quando ela caiu.

Ela diz que existe um laço entre vocês, um sentimento compartilhado, e que é por isso que é ela quem tem que te ajudar no final. Se estou com ciúmes? Um pouco, mas acho que entendo. Foi quando você disse que se sentia ascendendo. Ela fica assim quando corre. É por isso que ela corre.

Por favor, tenha coragem, Scott, e saiba que estou pensando em você. Que Deus o abençoe.

Com todo o meu amor,
Missy

P.S.: Quando formos à livraria, sempre vamos fazer carinho no Bill.

Scott pensou em ligar e agradecer pelas coisas tão gentis que ela disse, mas decidiu que não era uma boa ideia. Podia acabar deixando os dois comovidos demais. Em vez disso, imprimiu o e-mail e o guardou em um dos bolsos do peitoral.

Ele o levaria consigo quando fosse.

Na manhã do domingo seguinte, Scott percorreu o corredor até o banheiro de baixo em uma série de passos que não eram passos. Cada um foi uma flutuada longa que o levou até o teto, que ele empurrava com os dedos abertos para descer até o chão de novo. O aquecedor ligou e o sopro de ar do duto de ventilação o empurrou um pouco para o lado. Ele se virou e segurou em uma alça para passar pelo sopro de ar.

No banheiro, pairou em cima da balança e finalmente se acomodou. Primeiro, achou que não haveria leitura nenhuma de peso. Mas finalmente um número apareceu: 0,95. Era o que ele esperava.

Naquela noite, ligou para o celular de Deirdre. Ele foi direto.

— Preciso de você. Você pode vir?

— Sim. — Foi tudo que ela disse, e era tudo de que ele precisava.

A porta da casa estava fechada, mas destrancada. Deirdre entrou sem abrir a porta totalmente por causa da corrente de ar. Acendeu as luzes do saguão para afastar as sombras e entrou na sala. Scott estava na cadeira de rodas. Ele tinha conseguido colocar parcialmente o peitoral, que já estava preso às costas da cadeira, mas seu corpo flutuava para cima do assento da cadeira e um braço estava esticado no ar. O rosto dele estava coberto de suor, a frente da camisa, molhada.

— Eu quase esperei demais — disse ele, parecendo sem fôlego. — Tive que nadar até a cadeira. De peito, dá para acreditar?

Deirdre acreditava. Ela foi até ele e parou na frente da cadeira, olhando para Scott com admiração.

— Há quanto tempo você está aqui assim?

— Um tempinho. Eu queria esperar escurecer. *Escureceu?*

— Quase. — Ela ficou de joelhos. — Ah, Scott. Isso é tão ruim.

Ele balançou a cabeça de um lado para o outro em câmera lenta, como um homem balançando a cabeça embaixo da água.

— Você sabe o que fazer.

Ela achava que sabia. Esperava que soubesse.

Ele teve dificuldade com o braço, mas finalmente conseguiu enfiá-lo no buraco do braço do peitoral.

— Você pode tentar prender as tiras no meu peito e na cintura sem tocar em mim?

— Acho que sim — disse ela, mas duas vezes os nós dos dedos acabaram roçando nele quando ela estava ajoelhada na frente da cadeira, uma vez na lateral e outra no ombro, e nas duas vezes ela sentiu o próprio corpo subir e depois voltar para o lugar. Seu estômago deu um nó a cada contato, algo que ela lembrava de seu pai chamando de um "opa" quando o carro passava por um quebra-molas alto. Ou então, sim, Missy estava certa: uma montanha-russa quando chegava ao alto da primeira subida, hesitava e caía.

Finalmente, ela acabou.

— E agora?

— Daqui a pouco vamos experimentar o ar da noite. Mas, primeiro, vá até o armário, o da entrada, onde ficam minhas botas. Tem um saco de papel e um pedaço de corda. Acho que você vai conseguir empurrar a cadeira, mas, se não der, vai ter que amarrar a corda no apoio de cabeça e puxar.

— Tem certeza quanto a isso?

Ele assentiu, sorrindo.

— Você acha que quero passar o resto da minha vida amarrado nessa coisa? Ou que alguém precise subir em uma escada para me dar comida?

— Bom, isso daria um vídeo ótimo para o YouTube.

— No qual ninguém acreditaria.

Ela encontrou a corda e o saco de papel e levou para a sala. Scott esticou as mãos.

— Vamos lá, garota, vamos ver o que você sabe fazer. Joga o saco daí.

Ela fez isso e o arremesso foi bom. O saco fez um arco no ar na direção das mãos esticadas... parou a menos de dois centímetros acima das palmas... e caiu lentamente nelas. Lá, o saco pareceu ganhar peso, e Deirdre precisou lembrar a si mesma o que ele tinha dito quando explicou pela primeira vez o que estava acontecendo: as coisas eram pesadas *para ele*. Era um paradoxo? O que quer que fosse, fez a cabeça dela latejar, e não havia tempo de pensar nisso naquele momento. Ele abriu o saco de papel e segurou um objeto quadrado embrulhado em um papel grosso decorado com estrelas cadentes. Embaixo estava aparecendo uma língua vermelha achatada de uns quinze centímetros.

— Chama-se SkyLight. Custa cento e cinquenta dólares na Fábrica de Fogos de Artifício de Oxford. Comprei na internet. Espero que valha.

— Como você vai acender? Como vai conseguir se... se você...

— Não sei se vou conseguir, mas minha confiança está alta. O pavio é de raspar.

— Scott, eu tenho mesmo que fazer isso?
— Tem.
— Você quer ir.
— Quero — confirmou ele. — Está na hora.
— Está frio lá fora e você está coberto de suor.
— Não importa.

Mas importava para ela. Ela subiu até o quarto dele e tirou o cobertor da cama desarrumada, onde alguém tinha dormido em algum momento, mas não havia marca de corpo no colchão nem de cabeça no travesseiro.

— Um cobertor pesado — disse ela com deboche.

Era uma ironia, considerando as circunstâncias. Ela o levou para o andar de baixo e jogou para ele como tinha jogado o saco de papel, vendo com a mesma fascinação o cobertor pausar... se abrir... e pousar sobre o peito e o colo dele.

— Enrole isso em volta de você.
— Sim, senhora.

Ela o viu enrolar o cobertor no corpo e prendeu a parte que ficou tocando no chão debaixo dos pés dele. Desta vez, a flutuação foi mais séria, o "opa" foi um nó duplo em vez de único. Seus joelhos subiram do chão e ela sentiu o cabelo se erguendo. Mas passou, e, quando seus joelhos bateram na madeira de novo, ela entendeu melhor por que ele ainda conseguia sorrir. Lembrou-se de uma coisa que tinha lido na escola, talvez de Faulkner: *A gravidade é a âncora que nos puxa para os nossos túmulos.* Não haveria túmulo para aquele homem, nem gravidade. Ele ganhou uma dispensa especial.

— Quentinho como um filhotinho — disse ele.

— Não faz piada, Scott. Por favor.

Ela foi para trás da cadeira e botou as mãos nos cabos com hesitação. Não havia necessidade de corda; o peso dela se manteve no lugar. Ela o empurrou para a porta até a varanda e a rampa abaixo.

A noite estava fria e resfriou o suor no rosto dele, mas o ar estava doce e seco como a primeira mordida em uma maçã de outono. Acima dele havia uma meia-lua e o que parecia ser um trilhão de estrelas.

Para compensar o trilhão de pedrinhas, igualmente misteriosas, sobre as quais andamos todos os dias, pensou ele. Um mistério acima, um mistério abaixo. Peso, massa, realidade: mistério para todo lado.

— Não chora — pediu ele. — Isso não é um velório.

Ela o empurrou para o gramado coberto de neve. As rodas afundaram vinte centímetros e pararam. Não muito longe da casa, mas longe o suficiente para não ficar preso em uma das calhas. Seria um *tremendo* anticlímax, pensou ele, e riu.

— Qual é a graça, Scott?

— Nada — disse ele. — E tudo.

— Olha lá. Na rua.

Scott viu três figuras agasalhadas, cada uma com uma lanterna: Missy, Myra e o dr. Bob.

— Não consegui que ficassem longe. — Deirdre contornou a cadeira e se apoiou em um joelho na frente daquela figura embrulhada de olhos brilhantes e cabelo suado.

— Você chegou a tentar? Fale a verdade, DeeDee. — Era a primeira vez que ele a chamava assim.

— Bom... não muito.

Ele assentiu e sorriu.

— Boa conversa.

Ela riu e secou os olhos.

— Está pronto?

— Estou. Você pode me ajudar com as fivelas?

Ela conseguiu soltar as duas que seguravam o peitoral no encosto da cadeira e ele subiu na mesma hora, seguro só pela tira do colo. Ela teve dificuldade com essa, porque era apertada e suas mãos estavam ficando dormentes no frio de janeiro. Ela ficava encostando nele, e cada vez que encostava seu corpo subia da neve, fazendo-a se sentir em um pula-pula. Acabou conseguindo, afinal, e a tira que o segurava à cadeira começou a se soltar.

— Eu te amo, Scott — disse ela. — Nós todos amamos.

— Eu também — disse ele. — Dá um beijo na sua garota por mim.

— Dois — prometeu ela.

A tira deslizou da fivela e pronto.

Ele subiu lentamente da cadeira, o edredom pendurado abaixo dele como a barra de uma saia longa, parecendo absurdamente Mary Poppins, mas sem o guarda-chuva. Uma brisa bateu nele, e ele começou a subir mais rápido. Segurava o edredom com uma das mãos e o SkyLight contra o peito com a outra. Viu o rosto cada vez menor de Deirdre erguido para ele. Viu-a acenar, mas suas mãos estavam ocupadas e ele não pôde acenar de volta. Viu os outros acenarem de onde estavam, na rua View. Viu as lanternas apontadas para ele e reparou que eles começaram a se juntar mais conforme ele foi ganhando altitude.

A brisa tentou virá-lo, fazendo-o pensar em como ele deslizou de lado no trajeto ridículo pelo gramado com neve congelada até a caixa de correspondência, mas, quando abriu parcialmente o edredom e o esticou no lado do qual o vento estava vindo, ele conseguiu se estabilizar. Poderia não durar muito, mas não importava. No momento ele só queria olhar para baixo e ver os amigos: Deirdre no gramado ao lado da cadeira de rodas, os outros na rua. Ele passou pela janela do quarto e viu que o abajur estava aceso, deixando uma faixa amarela de luz na cama. Viu as coisas na cômoda, o relógio, o pente, um bolinho de dinheiro, coisas em que jamais voltaria a tocar. Subiu mais e o luar estava forte o suficiente para ele conseguir ver o Frisbee de alguma criança preso no ângulo do telhado, talvez jogado lá antes mesmo de ele e Nora comprarem a casa.

Aquela criança já devia estar crescida, pensou ele. Escrevendo em Nova York, limpando valas em São Francisco ou pintando em Paris. Mistério, mistério, mistério.

Agora, ele sentia o calor escapando da casa e começava a subir mais rápido. A cidade se abriu como se vista por um drone ou avião voando baixo, as luzes dos postes na rua principal e na rua Castle como pérolas em um cordão. Ele viu a árvore de Natal que Deirdre tinha acendido um mês antes e que ficaria na praça da cidade até o dia primeiro de fevereiro.

Estava frio lá em cima, bem mais frio do que no chão, mas tudo bem. Ele soltou o edredom e o viu cair, abrindo-se no caminho, indo mais devagar, virando um paraquedas, não sem peso, mas quase.

Todo mundo devia passar por isso, pensou ele, *e talvez, no fim, todo mundo tenha. Talvez na hora de morrer todos ascendam.*

Ele esticou o SkyLight e raspou o pavio com a unha. Nada aconteceu.

Acende, droga. Não tive exatamente uma última refeição, posso pelo menos ter um último desejo?

Ele raspou de novo.

— Não consigo mais ver ele — disse Missy. Ela estava chorando. — Ele sumiu. A gente pode...

— Espera — pediu Deirdre. Ela tinha ido se juntar a eles na calçada da casa de Scott.

— O quê? — perguntou o dr. Bob.

— Só espera.

Eles esperaram, olhando para a escuridão.

— Acho que não...

— Um pouco mais — disse Deirdre, pensando: *Vamos, Scott, vamos, você está quase na linha de chegada, a corrida é sua, você tem que vencer, tem que romper a fita, não estraga tudo. Não para. Vamos lá, garotão, vamos ver o que você sabe fazer.*

Fogos brilhantes surgiram bem acima deles: vermelhos, amarelos e verdes. Houve uma pausa, e então uma explosão perfeita de dourado, uma cascata cintilante que caiu e caiu e caiu, como se nunca fosse terminar.

Deirdre segurou a mão de Missy.

O dr. Bob segurou a mão de Myra.

Eles ficaram olhando até os últimos pontos dourados se apagarem e a noite ficar escura de novo. Em algum lugar lá em cima, Scott Carey continuou a ascender, a subir, para além do aperto mortal da terra, com o rosto virado para as estrelas.

1ª EDIÇÃO [2019] 1 reimpressão

ESTA OBRA FOI COMPOSTA POR OSMANE GARCIA FILHO EM WHITMAN
E IMPRESSA EM OFSETE PELA GRÁFICA SANTA MARTA SOBRE PAPEL PÓLEN
BOLD DA SUZANO S.A. PARA A EDITORA SCHWARCZ EM FEVEREIRO DE 2020

A marca FSC® é a garantia de que a madeira utilizada na fabricação do papel deste livro provém de florestas que foram gerenciadas de maneira ambientalmente correta, socialmente justa e economicamente viável, além de outras fontes de origem controlada.